FAUST

Jens Meyer

Maximilian von Fürstenberg

VORWORT

Bei der vorliegenden Ausgabe handelt es sich keineswegs um den Versuch, den Stoff des "Faust" neu zu bearbeiten, denn seit Goethen verspricht dieses Unterfangen keinen Erfolg mehr. Um den heutigen Lesern (v.a. den nachfolgenden Schülergenerationen) die Lektüre des Goetheschen Originals zu vereinfachen und schmackhafter zu machen, haben wir uns entschieden, es in sprachlicher Hinsicht aufzupolieren. Damit geht die Verlegung der Schauplätze in unsere Heimatstadt einher. Inhaltlich schwer verständliche Passagen sind – hoffentlich – in ihrer Aussage in unserem Werk klarer gefasst. Sie unterliegen dabei unserem Textverständnis und unserer Interpretation.

Unser Dank gilt allen, die uns bei der Arbeit unterstützt und ertragen haben, insbesondere (in alphabetischer Reihenfolge):

Daniel Feldmann

Josy Friedhoff

Familie von Fürstenberg

Johann Wolfgang von Goethe

Michael Kaiser

Familie Meyer / Olschar

Markus "wenn Ihr damit 1 DM verdient, bete ich Euch an" Rolle

Bernhild Schneider

Johannes Tränkle

Markus Weßling

Melanie Wiegandt

Buer, im April 2000
Maximilian von Fürstenberg
Jens Meyer

ZUEIGNUNG

Waren wir die schwankenden Gestalten,
getrübt den Blick vom Abitur
und all den Festen, die gehalten?
Was, zur Hölle, trieb uns nur?!
Zuviel vom Gerstensaft, dem kalten?
Sicher ist es Wahnsinn pur.
In Angriff nahmen wir das Werk;
erklommen ist nun dieser Berg.

Wir müßten fast vor Scham erröten,
da wir's Unmögliche gewagt,
was eigentlich alle Regeln verböten,
doch wir haben uns gesagt:
"Wir schreiben um den "Faust" von Goethen."
Ob das was wird, wurd' nie gefragt.
Und nun ist's fertig, welch ein Wunder!
Und es birgt so manchen Zunder.

Nehm' ich den Goethe heut' zur Hand,
wird mir fast das Herz schon schwer.
Was nach dem Abi schnell verschwand,
kommt auf einmal wieder her.
Wer neben mir fast täglich stand,
den sehe ich fast gar nicht mehr.
Was - oh Leser - mußt Du lesen?
Schule ist DOCH schön gewesen.

Fast schon sehnt' ich mich zurück,
doch dann kam uns die Idee,
wir ändern dieses Goethe-Stück,
und eh' die Erinn'rung geh',
ist es fertig - welch ein Glück.
Tut das Herz uns heute weh,
greifen wir zu unserm Werk:
Jens Meyer, Max von Fürstenberg.

VORSPIEL AUF DEM THEATER
DIREKTOR, MAX, JENS

DIREKTOR
Wie machen wir's, ihr beiden heute,
daß sich die Kassen wieder füllen?
Ich will, daß hunderttausend Leute   35
in die Buersche Aula quillen!
Beim letzten Stück war's gar zu mager,
denn der Anspruch ging uns flöten.
Ich brauche einen Kassenschlager.
Wie wär's, wenn Klassik wir 'mal böten -   40
natürlich mit modernen Szenen.
Bei den alten könnt' es sein,
daß man bald beginnt zu gähnen,
und das spricht sich 'rum. Nein! Nein!
Los, ihr beiden: In die Gänge,   45
Schluß mit ödem Rumgehänge!
Ihr seid nicht mehr am AvD!
Ich will euch an der Arbeit sehn!
Und das Schreibzeug aus der Tasche!
Schreibt, und bitte, macht recht schnell: 50
Erneuert einfach "Wilhelm Tell".
Mein Gott, ich zähle schon die Asche!

JENS
"Wilhelm Tell"? Oh, Gott behüte!
Ist es der Affe, der mich laust?
Pfeil und Bogen? Meine Güte!   55
Da schreib' ich lieber um den "Faust"!
Der bietet bess're Charaktere.
Das ist wirklich Qualität!
Was in die Ganglien mir gerät,
ich spüre schon, daß das 'was wäre.   60

MAX
Zunächst zählt doch das Hier und Jetzt!
Was die Menschen sehen wollen
ist, wie die Hauptperson sich fetzt.
Deshalb den "Faust" wir nehmen sollen.
Und brav gezeigt, was Goethe schrieb   65
und eigentlich hat intendiert,
so wie wir's interpretiert,
ist das, was unserm "Faust" noch blieb'.

DIREKTOR	Kürzt nur die Handlung nicht zu sehr!
	Das Publikum will Action sehen.	70
	Auch das Verständnis wird zu schwer,
	wenn Szenen unverbunden stehen.
	Und dennoch so, daß jedermann
	sich das Seine wählen kann.
JENS	Das ist, mein Freund, weiß Gott nicht leicht.	75
	Ein solches Stück wird schnell zu seicht.
	Und mit Verlaub, wie ich's umreiße:
	Sowas klingt nach Räuberscheiße!
DIREKTOR	Na und!? Hauptsache, es bringt Geld!
	Jenes selbst regiert die Welt!	80
	Überleg' 'mal, lieber Dichter:
	Wer wird unser Stück besuchen?
	Es sind nicht die hellsten Lichter,
	die unsern "neu-Faust" gerne buchen.
	SOLCHE sähen den von Goethen,	85
	doch UNSER wertes Publikum
	hängt sonst in Altstadtkneipen 'rum,
	um sich einen zu verlöten.
JENS	Das reicht! Such dir 'nen andern Dummen,
	der dir den "Faust" in Neudeutsch schreibt.	90
	Wo Künstler-Worte schnell verstummen,
	nur eine einz'ge Lösung bleibt:
	Ich mach' es nicht. Es sei denn, ja,
	ich darf so schreiben, wie's beliebt,
	denn in dem Dichter wunderbar	95
	die Einheit aller Kräfte liegt.
DIREKTOR	Gut, ran ans Werk, mein lieber Dichter.
	Nutz' die Kräfte, aber fix!
	Das Publikum, es sei dein Richter.
	Aber wehe, das wird nix!	100
JENS	Das wird nicht hochfein aufgebaut.
	Unreinheiten darf, ja muß es geben.
	Wir schreiben, wie es schreibt das Leben,
	dem Volke auf sein Maul geschaut.
MAX	Ich nehm' die Szenen fünf bis acht,	105
	"Straße" auch noch, und die "Nacht".
	"Walpurgisnacht" muß Drogen weichen,

7

DIREKTOR den "Traum" dazu könn'n wir ruhig streichen...
Genug geschwafelt! An die Stifte!
Morgen liegt das Manuskript, 110
da es sonst kräftig Ärger gibt,
auf dem Tisch, weil ich sonst lifte
euren Arsch zur Tür hinaus.
Morgen liegt bei mir der "Faust"!
Mit der Bühne, keine Frage, 115
könnt ihr nach Belieben handeln.
Vom einen auf den andern Tage
könnt gewiß ihr sie verwandeln.
Zur Verfügung steh'n euch gerne
weiters Sonne, Mond und Sterne. 120
Durchwandert ruhig das Heim von Gott,
die Hölle und den schönen Pott.

PROLOG IM HIMMEL
DER HERR, RAPHAEL, GABRIEL, MICHAEL,
später MEPHISTO

RAPHAEL So wie jeden Tag, schon wieder
sinkt die Sonne freundlich nieder.
So etwas erfreut das Herz 125
eines jeden von uns Erz-
engeln hier im Himmel oben.
Alles sieht noch aus wie neu,
als ob's erst einen Tag alt sei.
Darum laßt den Herrn uns loben. 130
GABRIEL Ja, dagegen ist auf Erden
nichts mehr so, wie's gestern war.
Alles muß verändert werden
im Lauf allein von einem Jahr.
Die Becken, die mit Meer gefüllt, 135
brodeln auf, so daß das Land
drumherum ins Wasser spült.
Und Riesenfelsen werden Sand.
MICHAEL Es braust ein heftiger Taifun,
verwüstet fast ganz Florida. 140

8

In Indien kommt der Monsun
immer wieder, jedes Jahr.
Und nichts ist da, was sie behütet.
Trotz der Zerstörung, die da wütet,
ehren wir den Herrn hier oben.   145

ALLE 3 Alles sieht noch aus wie neu,
als ob's erst einen Tag alt sei.
Darum laßt den Herrn uns loben.
(MEPHISTO kommt hinzu.)

MEPHISTO Oh Herr, du fragst, wie es mir geht,
ob auf der Welt noch alles steht.   150
Da du mich hast hierherbestellt,
will ich keine Faxen machen.
Über mich lacht alle Welt,
DU dafür hast nichts zu lachen.
Die Menschen auf der Erde unten,   155
hätten sich zurechtgefunden
nicht schlechter ohne ihr Gehirn
hinter der - teils hohen - Stirn.
Jenes brauchen sie mitnichten,
ihre Taten zu verrichten,   160
so wahr ich Mephistopheles heiß!
Sie denken bloß an jeden Scheiß.

DER HERR Hört ihn an, den allzu Faulen!
Hat nichts zu tun, außer zu maulen!
Gibt's nichts, was gut auf Erden ist?   165

MEPHISTO Nein, mit Verlaub, ist alles Mist!

DER HERR Warum so kraß? Erklär' er das?

MEPHISTO Da auf der Welt das Leid nicht fehlt,
macht es keinen großen Spaß,
wenn man sie noch weiter quält.   170

DER HERR Kennst du den Faust?

MEPHISTO   Le poing?

DER HERR   The fist!

MEPHISTO Na klar, den wirren Wissenschaftler!
Der ist ein Forscher und ein Bastler
und sucht Erkenntnis noch und nöcher.
Doch hat sein Wissen ein paar Löcher.   175

DER HERR Na ja, er blieb bei seiner Pflege

9

der Forschung auf dem RECHTEN Wege.

MEPHISTO
Den krieg ich 'rum! 'Ne schnelle Wette?
Wenn ich darf, vorausgesetzt.
Diesen Typ vor dir ich rette. 180

DER HERR
Solang er noch auf Erden hetzt,
darfst du gerne, das ist klar.
Wer einem Ziel entgegeneilt
auf Erden, sich schon 'mal verpeilt.

MEPHISTO
Ich versuch es, OK, ja. 185
Denn den Toten brauch' ich nicht.
Ich schätz' ein lebendes Gesicht.

DER HERR
Wenn es dein Herz mit Freude füllt,
sag' ich: Topp, die Wette gilt!
Doch bedenke, mein Mephisto: 190
Ein Mensch, der weiß im Innern tief,
was Recht ist, und das instinktiv.
Find' dich damit ab, es ist so.

MEPHISTO
Gut, ich werd' es sicher schaffen,
kram' hervor des Teufels Waffen, 195
fahr' zur Erde dann hinab.
Und er gräbt lachend sich sein Grab.

DER HERR
Der ist der Beste von den Bösen;
mit dem hab' ich keine Probleme.
Nicht schlimm, wenn er sich einen nehme. 200
Ein Mensch fängt gerne an zu dösen.
Und ihr, die ihr noch an mich glaubt,
obwohl die Kirche scheint verstaubt,
solltet wissen, mein Gott, ja:
Ich bin immer für euch da. 205
(Der Himmel schließt sich.)

MEPHISTO
Der Herrgott ist mir nicht verhaßt.
Ich mag es, mit ihm 'mal zu klönen.
Und er scheint sich zu gewöhnen,
daß er sich mit dem Teufel selbst befaßt.

NACHT
FAUST

FAUST *(nimmt einen Brief zur Hand und liest die Adresse vor)*
Herrn Professor Doktor med.   210
Doktor theol., Doktor iur...
(den Brief wegwerfend)
und so fort! - Von früh bis spät
hab' ich gelernt, studiert: Das nur,
um mehr - um ALLES gar zu wissen.
Naturwissenschaften: Physik, Chemie,   215
Medizin, Biologie!
All das lernte ich beflissen.
Trotzdem war ich nicht zufrieden!
Weiterzumachen war mir beschieden.
Drum forschte und forsche ich immer noch   220
zu stopfen ein um's andere Loch,
das noch in unserem Wissen klafft.
Vieles hab' ich auch geschafft:
Die Genstruktur ist fast komplett -
Warum ist Pavarotti fett?   225
Warum hab' ich blaue Augen?
Warum tu' ich beim Tanz nichts taugen? -
all die Fragen längst gelöst.
Der Mensch - scheint er auch so verhüllt -
liegt vor meinen Augen entblößt.   230
Und ich - für mich - war schon gewillt,
einen perfekten Menschen zu machen:
Gut gebildet in Geistessachen,
musisch, sportlich - eben perfekt.
Doch solch ein Plan wird nie gedeckt,   235
wegen Moral und Religion,
der Ehre des Menschen! Was zählt sie schon?!
Das ist doch schlicht der letzte Scheiß!
Wichtiger war es, die Kenntnis zu mehren
- von mir aus auch um jeden Preis -   240
und dieses Wissen andern zu lehren.
Doch dies ist jetzt nicht mehr mein Ziel.

Viel kann ich wissen, weiß auch viel:
Warum die Erde sich 'rumdreht,
warum man auf zwei Beinen geht,   245
wie aus EINER Zelle das Leben erwachsen,
Ebbe und Flut und all diese Faxen!
Trotzdem bin ich nicht zufrieden,
denn ich frag': Wo ist der Sinn,
daß ich - Faust - hier auf Erden bin?   250
Ich möcht' erkennen, was die Welt
im Innersten zusammenhält!
Die gleiche Frage, die mich quält,
hat Thomas Aquinus sich gestellt:
Was ist primum movens und was erster Grund?   255
"Ich weiß es nicht, drum nenn' ich's Gott!"
so klingt der Schluß aus seinem Mund.
In meinen Augen ist das Schrott.
Doch hab ich auch etwas erkannt:
Es bringt nichts mehr, zu forschen, zu lernen,   260
zu greifen nach des Wissens Sternen,
entdecken ständig neues Land.
Der Kern des Lebens ist bei weitem
NICHT aus Formeln abzuleiten.
Das ist für den Geist zuviel!   265

Nein! Ich muß mich leiten lassen
vom Gefühl, von meinem Herz:
Neugier, Sehnsucht, Schmacht und Schmerz,
Freude, Liebe, Leid und Hassen,
Langeweile, Lust am Spiel: 270
Eins zu sein mit der Natur!
Sein Leben leben und dies pur!
Dann: Das Eigentliche sehen,
den tiefsten Grund der Welt verstehen!
Wie weit bin ich DAVON noch entfernt!   275
Ich sitz' hier, wo ich grad' gelernt:
Bücher hoch bis an die Decke,
abgegriffen, zugestaubt,
ein Versuch in jeder Ecke,
die stinken, daß man es kaum glaubt;   280

der Schreibtisch mit Dingen vollgestopft,
die mir noch gestern schienen wichtig.
Faust, du bist viel zu verkopft,
um diese Welt zu begreifen RICHTIG.
(FAUST geht am Regal entlang und zieht ein Buch
heraus, liest den Titel:)
Nostradamus!
(Er geht zum Schreibtisch, fegt alles hinunter und
legt das Buch mitten auf den Tisch.)
   Du kannst mir helfen, 285
mich zu öffnen dem Gefühl,
das mir erscheint in Geistern, Elfen,
deren Gesang und Saitenspiel.
Schalt den Kopf aus, laß die Zeichen
wirken und dein Herz erreichen! 290
(FAUST blättert und sieht das Zeichen des Makro-
kosmos.)
Ein starkes Bild,
mein Herz schlägt wie wild.
Denn im Großen und Kleinen,
im Groben und Feinen,
scheint alles zu stimmen: 295
Von außen nach innen,
vom Kern bis zum Rand,
wie von Geisterhand,
fließen die Kräfte,
Energien und Säfte! 300
Bin ich ein Gott, daß ich dies sehe,
was ich vorher sah noch nie?

Ach! Es war nur Phantasie!
Umsonst der Trubel und ich stehe
wieder am Beginn der Suche. 305
Stammeln, Zittern und Gefluche:
Wo bist du Sinn, du Grund des Lebens?
Such ich ewig dich vergebens?
(schlägt entnervt eine Seite weiter und sieht das
Zeichen des Erdgeistes)
Wie anders seh' ich dieses Bild!

13

Die Schwäche weicht, ich bin erfüllt 310
von einer wundersamen Kraft,
mit der man seine Tage schafft,
Höhen, Tiefen leicht besteht,
die immer da ist, nie vergeht.
Komm Gefühl! Nimm doch recht bald 315
an 'ne faßbare Gestalt.
Der Mond scheint nicht mehr.
Dafür schimmert
alles rot, die Lampe flimmert.
Ich schwitze und ich friere sehr. 320
Geist, komm zu mir! Geist, komm her!
Ich will dich spüren! Ach Quatsch, Stuß:
Ich will nicht nur! Nein, nein: Ich MUß!
(beugt sich tiefer über das Buch)
Laß mich nicht alleine!
Erdgeist, erscheine! 325
(Genau das tut er auch.)

GEIST   Hier bin ich, zu Diensten! Wer rief nach mir?
FAUST   *(weggedreht, die Arme vor dem Gesicht)*
Welch ein gräßliches Höllentier!
GEIST   Du hast gerufen, mich zu sehen,
darauf warst du doch erpicht.
Dafür doch wohl all dein Flehen?! 330
Hast gebuckelt, geschrien und gefleht, . . .
FAUST   Himmel, ich ertrag' das nicht!
GEIST   . . .und so, wie es jetzt wohl steht,
hast du mich auch breitgeschlagen.
Hey, du wolltest mich sehen, mich hören, 335
hier bin ich, doch scheine ich eher zu stören.
Eben noch wolltest du alles wagen,
um ein Geist wie ich zu sein.
Jetzt sieht es aus, als würd'st Du kein
Fünkchen Power mehr besitzen, 340
von der du grade noch erfüllt.
Ist dein Durst denn schon gestillt,
abgekühlt schon alle Hitze?
Bist du der Faust, der grad' gefleht,
du, der jetzt kurz davor steht, 345

FAUST
sich aus Angst in die Buchse zu machen?
Ich bin Faust! Und vor dir kriechen?
Dieser Casus macht mich lachen!

GEIST
Gesunde und Siechen,
tot oder krank,   350
nüchtern und breit,
reich oder blank:
Beim Leben bin ich allezeit,
damit es denn am Leben bleibt,
immer mit von der Partie.   355

FAUST
Ich fühl' mich so, als wär' auch ich
ein Geist wie du!

GEIST
                    Doch DAS stimmt nicht.
Der Geist, dem du so nahe bist,
sieht total anders aus als ich.
(verschwindet)

FAUST
Anders als du?!   360
Wer ist es dann?
(fällt auf die Knie; schreit:)
WER DANN?
(Es klopft.)
Nein, bitte nicht! Ich kenn' das Klopfen:
Das ist Wagner! Gedanken an Mord,
zumindest ihm das Maul zu stopfen,   365
zur falschen Zeit immer am falschen Ort.
(WAGNER betritt den Raum.)

WAGNER
Tut mir leid! Ich konnt' nicht pennen,
weil ich Euch hab' reden hören.
Doch redet weiter, wollt' nicht stören,
ich glaub' sogar, das Stück zu kennen: 370
Es ist doch "Faust" von Jott-We Goethe?

FAUST
Als wenn ich so ein Stück darböte!
Bloß Gelaber und Geseiher!
Nein, dies ist "Faust" vom Jensen Meyer
und vom Max, dem Herren Frei'err,   375
genannt auch "Herr von Fürstenberg".
Verglichen mit denen ist Goethe ein Zwerg.

WAGNER
Ich denke nicht, Ihr seid im Recht.
Goethes "Faust" ist gar nicht schlecht.

Außerdem haben die beiden Helden 380
bei Reclam nicht allzuviel zu melden.
Und: Sie haben abgeguckt!

FAUST   Nur, weil Goethes Werk gedruckt
und ihres nicht, das will nichts heißen!
Und sie wollten nicht bescheißen, 385
haben bewußt Goethes Werk umgeschrieben.
Die Handlung ist noch grob geblieben.
die Szenen meistens gut verkürzt,
mit Ruhrpottdeutsch und Witz gewürzt.
Doch wollen wir die Lesermassen 390
sich IHR Urteil bilden lassen.

WAGNER   Ob dieses Stück wird ein Magnet,
steht für mich noch in den Sternen.
Und doch läßt sich aus alldem lernen,
wie's um Anspruch heute steht: 395
Hauptsache Spaß und Comedy!
Dumme Sprüche wollen sie.

FAUST   Da habt Ihr recht, ich stimm' Euch zu:
ein Mensch will die verdiente Ruh'
sich wirklich ungern stören lassen, 400
höchstens, um Suppe und Bier zu fassen
oder einen draufzumachen.
Hauptsache: Spaß! Hauptsache: Lachen!
Trotz alldem bin ich überzeugt:
Wenn ein Mensch - greis' und gebeugt - 405
sein Leben läßt Revue passieren
und sieht nur Sex und Lust und Spaß,
ist ihm das Ganze auch zu kraß.
Jeder möcht' in seinem Leben
auch 'mal sein Gehirn massieren, 410
'mal was tun, was spannend ist,
was wissenschaftlich interessant,
wo er sich setzt und lauscht gebannt,
das Ganze nicht am Lachen mißt.
Nur traut er sich nicht, das zuzugeben. 415
Das Tönen der andern: "DA gehst du hin?!"
will einem nicht mehr aus dem Sinn.
Auf daß sie sich nicht mehr beschwer'n,

WAGNER   hält man sich von Bildung fern.
Das ist ein Argument für mich.   420
Denn was Ihr sagt, kann nur bedeuten:
Wollt Ihr durchdringen zu den Leuten,
reicht es doch bei weitem nicht,
den Stoff allein nur vorzutragen.
Schließlich will man sich nicht plagen.   425
Zumindest spannend muß es sein.

FAUST   DAS ist es von ganz allein,
wenn Ihr, was Ihr sagt, auch lebt,
wirklich auf ein Ziel zustrebt,
was Euch wirklich nicht gelingt,   430
wenn Ihr dröge Fakten bringt.

WAGNER   Nur dann kann man sein Reden leben,
wenn man wirklich alles weiß,
und mit dem Wissen wie ein Geist
steigt zur wahren Erkenntnis auf.   435
Bevor Ihr hinschreibt: "q.e.d.",
heißt es auch schon: "Life ade!"
Und mit Euch geht das Streben drauf.

FAUST   Kein Wunder, daß Euch Power fehlt,
wenn Ihr Euch nur durch Bücher quält.   440
Das ist totes Wissen, Vergangenheit!
Spannend, ist das Hier und Heut'!

WAGNER   Ich muß Euch widersprechen, Herr!
Das klingt mir falsch, und leider sehr.
Sich in den Geist der Zeit zu denken   445
und dann sein Augenmerk zu lenken
auf die Denker, ihre Lehren,
von denen wir noch heute zehren,
DAS ist wirklich eloquent,
denn ihre Logik ist stringent.   450

FAUST   Ihr könnt ja nur in Büchern lesen,
was sie dachten, ihre Thesen.
Dann ist es DIESER gelesene Geist,
den Ihr das Wesen von damals heißt.
Ob Ihr den wahren Geist erkennt?!   455

WAGNER   Je nachdem, wie Ihr's benennt,
vielleicht nicht den der Zeit. Doch immer-

	hin hab' ich dann einen Schimmer	
	dessen, was ein Genius kann.	
FAUST	Nur ein Schimmer? Armer Mann!	460
	Einige wenige haben nur	
	des Menschen Innerstes erkannt.	
	Doch das Volk ist viel zu stur	
	und hat sie gekreuzigt oder verbrannt.	
	Es ist nämlich tödlich töricht, zu denken,	465
	man könnte dem Pöbel Erkenntnis schenken.	
WAGNER	Ich...	
FAUST	...bin müde. Ihr nicht auch?	
WAGNER	Nein, ich nicht, wieso denn auch?	
FAUST	Es ist spät,	
	drum bitte: Geht!	470
WAGNER	Bis morgen, zum heiligen Ostertage! *(ab)*	
FAUST	*(in Richtung Tür)*	
	Wo du meinen Ohren wieder zur Plage.	
	Du glaubst, dein Glück allein zu finden	
	durch das Studium von Massen,	
	doch statt in Sphären zu verschwinden,	475
	muß ständig du in Scheiße fassen.	
	(für sich)	
	Muß solch ein Schleicher, Ignorant	
	nicht diesen heil'gen Boden schänden?	
	Nein! Daß diesmal er den Weg herfand,	
	ich dank' es ihm aus vollen Händen.	480
	Er hat mich wohl davor gerettet,	
	daß schierer Wahnsinn mich geplättet,	
	wär' ich noch länger alleine geblieben,	
	von Verzweiflung und Selbsthaß getrieben:	
	Dem Ziel so nah! Und doch so weit weg!	485
	Die menschlichen Fehler weit hinter mir,	
	schwebend über dem niederen Dreck.	
	Ich glaubte, selbst ein Gott zu sein,	
	selbst zu sein ein Schöpfer von Leben,	
	selbst am Stoff der Natur zu weben,	490
	und dann das kurze, zerschmetternde "Nein!	
	Der Wahn, du Menschensohn, spielt mit Dir."	

18

Gerade ein Riese, jetzt wieder Wurm.
Grad' noch im Wühlen göttlichen Sturms,
Jetzt zurück im Schlamm des Sumpfs.
Grad' blitzende Schärfe, jetzt alles stumpf.
Gerade noch hell und jetzt dunkle Nacht.
Soll ich den Drang von nun an meiden,
mich mit alledem bescheiden,
was mein Leben so ausmacht?
Was ist das, bitte, für ein Leben,
wo alles Tun und alles Streben
begrenzt durch Sorgen und Verstand?!
Hast du Geld und Gold im Haus,
Frau und Kind an deiner Hand:
Nie wieder gehst du einfach aus,
ohne zu denken: "Was könnte geschehen?"
Und ist es nicht DAS, so wirst du dann sehen
überall Fallen und Hindernisse;
überall spürst du das Gewisse,
das dich doch nicht machen läßt,
was du eigentlich gedacht.
Das ist die Angst, die Sorge! Die Pest,
die dir das Leben voll vermiest!
Verhindert, daß du je genießt,
wie sich die dir eigene Phantasie
äußert, ihren Raum erweitert,
so dein Sichtfeld dir verbreitert.
Nein, Mensch, DAS erlebst du nie.
Als solcher hab ich mich vermessen,
mein Menschendasein zu vergessen,
und mich zu Euch hinaufzuschwingen,
ihr Götter, Herrscher über den Dingen.
Doch wer hoch steigt, der fällt auch wieder!
Ich bin kein Gott, bei weitem nicht!
Ich bin's nicht wert, vor Euch zu stehen,
und solltet Ihr vorübergehen,
drückte ich mir mein Gesicht
in den Staub, läg' vor Euch nieder.

495

500

505

510

515

520

525

Was zwingt mich runter in die Knie, 530
den Staub von Eurem Schuh zu lecken?
Ist's nicht der Staub der Bücher, die
vom Boden geh'n bis an die Decken?

Alle "großen Denker" versammelt!
(Er greift ein Buch heraus.)
Und was ist das, was hier vergammelt? 535
Statistik von - ach nie gehört.
Weißt du, Buch, daß du hier störst?
(schmeißt es hinter sich)
Und hier: Ach, Rechtsphilosophie!
Auch dich, mein Schätzchen las ich nie.
(wirft auch dieses hinter sich; in zunehmender Wut)
Und was ist das hier? - EDV?
Ich braucht' dich für 'nen Schein, genau. 540
Gekauft für Riesenschweinegeld,
gelernt, vergessen, weggestellt!
Und darum heißt es: Weg mit dir!
Und hier folgt auch schon Nummer vier!
Und fünf und sechs und acht und zehn! 545
Soll alles doch zur Hölle geh'n!
(bricht zusammen)
Wissen - pures Wissen ist Macht!
Das hab' auch ich einmal gedacht.
Die Sehnsucht, die mich vorwärts drängt,
sah ich auf dies' Regal beschränkt. 550
Über das Wissen die Wahrheit erkennen:
Wie konnte ich mich nur so verrennen?
Ihr Bücher solltet der Schlüssel sein,
der mich läßt zur Erkenntnis ein.
Doch läßt sich der Weg dahin nicht erzwingen. 555
Vor allem konnte es nicht gelingen
mit diesem Schund, den ich um mich gestellt.
Wie kümmerlich das alles ist!
Doch hiermit begreifst du, Faust, die Welt!
Was war ich für ein Optimist! 560
Und hätte ich ALLE Bücher gelesen,
wär' ich meinem Ziel doch nicht näher gewesen.

Warum hab' ich sie nicht verschenkt,
als daß ich hier durch sie beengt?!
Nicht etwa, weil ich sie brauchen kann, 565
sondern weil sie meinem Vater gehört.
Schmiß ich sie weg, ich würde wohl dann
denken, er fühle sich gestört.
Man erbt eben nur, um zu besitzen,
und nicht, um das Erbe auch zu benützen. 570

Das Spiel des Lebens -
ich spielte vergebens.
Hab' mich mein Leben lang abgehetzt,
das letzte Rennen nicht zu verpassen,
um dort zu erreichen göttliche Klasse. 575
Doch: Von Anfang an falsch gesetzt!
Ich bin gescheitert!

Beständig zieht es meinen Blick
auf diese einen Platz zurück.
Was ist es, was da oben steht, 580
mich zu sich zieht wie ein Magnet?
(nimmt ein Fläschchen aus dem Regal)
Du Flasche voll von rotem Saft,
in dir wohnt eine große Kraft.
Du warst dem Vater stets zur Hand.
Er hat so manchen Schmerz gebannt 585
mit dir, beachtend das Gebot:
"In kleiner Menge, wohl dosiert,
ist das Leiden bald kuriert.
Falsch angewandt bringst du den Tod."
Lindere du jetzt meinen Schmerz. 590

Merkwürdig leicht wird mir das Herz.
Die Erde, den Kerker der Phantasie,
lasse ich hinter mir weit zurück
und steige als Geist auf zu jenem Glück,
das ich als ein Mensch konnt' erreichen nie. 595
Ich werd' den Göttern gleich im Tod.

21

Doch bin ich würdig, aufzustreben
zu diesem, einem neuen Leben
fernab von Ärger, Leid und Not?
Ja, Faust! Stoß' zu diesem Raum, 600
an den die andern Menschen kaum
zu denken wagen, auf das Tor.
Jeder sonst hat Angst davor:
Böse ist der bleiche Tod!
Dabei fängt erst mit dem Sensenmann 605
das Leben im Reiche der Götter an.
Ihr Götter habt mich tief gebeugt,
doch endet Eure große Macht,
wo ein Mensch die Furcht verlacht
und - von der Hoffnung lang gesäugt, 610
nach dem Tod wie Ihr zu sein,
zu dringen in die Wahrheit ein, -
völlig frei und unbeschwert
dem Leben, der Welt, den Rücken zukehrt.
Die Sonne steigt am Himmel auf, 615
beginnt nun ihren Tageslauf.
Drum schnell die Flasche aufgeschraubt
und gleich in EINEM Zug geleert,
was - wie ich früher mal geglaubt -
zu einem wahren Mann gehört. 620
Ein letzter Gruß noch an den Morgen,
der mir nimmt all meine Sorgen
und mich ein letztes Mal erheitert.
(setzt die Flasche an den Mund)

GLOCKEN UND CHOR

CHOR   Christ ist erstanden! 625
                Es freue sich die Menschheit,
                von Elend, Not und Traurigkeit
                und Sünde ist sie nun befreit.
                Preiset den Herrn!
FAUST   *(setzt die Flasche ab)*
                Was ist das für ein tiefer Klang, 630

22

was für ein herrlicher Gesang,
der mich dies Zeug nicht trinken läßt?
Ist denn schon das Osterfest?

CHOR   Christ ist erstanden!
Die Frauen weinten um ihn sehr,   635
legten ihn gesalbt hierher,
doch finden sie ihn nun nicht mehr.
Preiset den Herrn!

Christ ist erstanden!
Zwei Engel scheinen auf im Licht: 640
"Menschenkinder, wißt ihr nicht,
Jesus findet ihr hier nicht!"
Preiset den Herrn!

FAUST   "Auferstehung uns'res Herrn!"
Jeder glaubte das wohl gern,   645
doch tot bleibt tot, ist nicht zu wenden.
Das Wissen, daß wir alle enden
und nicht wissen, was dann wird,
macht uns Angst, daß einen friert,
und fördert den Wunderglauben der Welt.   650
"Bei Krankheit, Elend, Leid und Tod,
ist Gott der Retter in der Not."
Dies ist ein Glaube, der mir fehlt.

Doch das ist auch 'mal anders gewesen,
auch ich hab' früher die Bibel gelesen,   655
und hab' - das ist des Christen Pflicht -
die Kirch' besucht. Und bin ich nicht
beim Klang der Glocken hingekniet,
kenn' ich nicht fast noch jedes Lied?
Und war ich nicht glücklich, durch Wälder zu
                                        gehen, 660
überall göttliches Wirken zu sehen?
Ich fühl' mich, als hätte ich diese Stunden
verloren und grade erst wiedergefunden.
Erinnerungen an dieses Glück
halten mich nun vom Selbstmord zurück.   665
Ihr Glocken klingt, singt weiter Lieder,

CHOR *mit*
FAUST

denn wißt: Die Erde hat mich wieder!
Christ ist erstanden!
Gesprengt des Marters Banden.
Drum sollen alle froh sein, 670
Christ will unser Trost sein.
Preiset den Herrn!

AUF DER OSTERKIRMES

Zwei Männer und zwei Frauen an einem Bierwagen
"You're My Heart, You're My Soul" im Hintergrund, dazu tanzt das VOLK.

1. MANN   Wollen wir uns hier erfrischen
und uns ein paar Bierchen zischen?

2. MANN   Ich habe grad' - ich alter Depp - 675
mir gefüllt schon meinen Magen
mit 'nem Eierlikör-Crêpes.
Aber eins kann ich dir sagen:
Fahr danach nie Achterbahn!
Sonst kommt alles noch 'mal an. 680
Doch bei dieser Wirtin hier
trink' ich gerne noch ein Bier.

1. MANN   Und ihr, liebe Ladies, trinkt auch noch ein
Gläschen?
Wir geben gerne eines aus.
Kommt ihr auch gleich mit uns nach Haus? 685
Wir haben Lust auf kleine Späßchen.

1. FRAU   Tja, das hättet ihr wohl gern,
daß wir auf euch Idioten hör'n
und gleich mit euch nach Hause geh'n.

2. FRAU   Da müßtet ihr zwei nur viel früher aufsteh'n. 690
Um uns beide abzuschleppen,
braucht es mehr als euch zwei Deppen.
(Beide gehen zum Tanzen.)

WIRTIN   Macht euch nichts draus, hier sind bestimmt
Mädels auch für euch zu kriegen.
Bei einer werdet auch ihr siegen, 695
die gerne einen von euch nimmt.

1. MANN   Genau, Frau Wirtin! Noch'n Bier

für mich und meinen Kumpel hier.
(FAUST und WAGNER schlendern vorbei.)

FAUST
Ist das hier schön! Soviel Natur
um die Kirmes. Sieh doch nur!   700
Die Vögel auf dem Stromgestänge
hocken da ganz dicht an dicht,
die Hasen stört nicht das Gedränge:
Mensch und Tier vertragen sich.
Es ist schön hier auf der Wiese!   705
Wenn man sich doch öfter ließe
'mal so geh'n und ging hinaus
häufiger aus seinem Haus
an die klare frische Luft,
etwas abseits vom Asphalt   710
hierhin an den Rand vom Wald!
Hier riecht man puren Frühlingsduft
und kommt trotzdem unter Leute.
Auf der Kirmes da wird kein
Mensch jemals alleine sein.   715
Wie sie hierhin strömen heute!
Mich würd's wundern, träf' ich nicht
heute ein bekannt's Gesicht.
Osterkirmes! Hier ist's schön.
Hier bin ich Mensch, hier darf ich steh'n!   720

WAGNER
Tja, schön und gut, jedoch ich finde,
hier trifft sich hauptsächlich Gesinde.
Es ist doch wahrlich nicht zu fassen,
daß alle hier bei Wurst und Eis
ihre letzten Märker lassen.   725
Dazu dröhnt der letzte Scheiß
der Charts dieses verkomm'nen Landes
aus den Boxen jedes Standes.
(Ein ALTER MANN tritt an FAUST heran.)

ALTER MANN
Herr Dr. Faust! Das ist ja toll,
daß Sie heut' auf der Kirmes sind.   730
Macht dem Herrn ein Bier 'mal voll!
Wir sind, als ich noch war ein Kind,
zu Ihrem Vater stets geeilt,
wenn das Zipperlein uns plagte.

25

Viele hat er gleich geheilt. 735
(Das VOLK nähert sich.)

FAUST   Vielen Dank für das Gesagte
und das Bier,...

VOLK   Auf Euer Wohl!

ALTER MANN   Prost, Dr. Faust! Der Teufel hol
alle Krankheit und Gebrechen,
wenn Ihr zum Kranken kommt und heilt, 740
Medizinen ihm austeilt.
Doch heilt Ihr schon durch bloßes Sprechen:
Erst 'mal reden, dann das Messer.
Meistens ist es dann schon besser.
Sind viele auch schon sterbenskrank, 745
Ihr bleibt gesund. Dem Herrn sei Dank!

FAUST   Der Herrscher über Tod und Leben
hat mir Heilungskraft gegeben.
(Das VOLK geht zum Tanz; im Hintergrund "Hyper, Hyper". FAUST und WAGNER gehen weiter.)

WAGNER   Ist das nicht super? So ein Lob
von allen Seiten. Wunderbar! 750
Ihr seid ein echter Superstar.
Wie schüchtern er den Blick nur hob
als er Euch sah. Wie faszinierend!
In der Ferne standen stierend
Neider, trotzdem achtungsvoll. 755
Also, ich finde das toll.
Die tun ja wirklich alle schon,
als wärt Ihr Christus in Person.

FAUST   Der bin ich nicht, mein Freund, mitnichten!
Im Gegenteil: Mir wäre lieber, 760
sie würden mich als Schurken richten.
Wie viele bracht' ich schon hinüber
in das ewige Nirwana?
Danach fragt mich heute kaner.
Denn mein Vater - wie auch ich - 765
betätigte auf dem Felde sich,
das man nennt "Schwarze Magie".
Und die Gebräue, die entstanden,
für die wir Namen gleich erfanden,

26

halfen eigentlich fast nie. 770
Und trotzdem werden wir verehrt,
als hätten wir die Welt gerettet.
Ich hätte alles drauf verwettet,
daß wir mehr Leben haben verzehrt
als die Pest.

WAGNER   Jetzt trauert nicht. 775
Ihr zehrt noch von des Vaters Licht
wie's sich für Söhne doch gehört.
Und wenn der Vater seine Ehren
überträgt auf seinen Sohn,
so kann der die Ehren mehren. 780
Das ist der gerechte Lohn.
Und wer die Wissenschaften lehrt,
hat schon bald den Ruhm vermehrt.

FAUST Das wär schön! Jedoch nur selten
nutzt das Wissen wirklich was. 785
Häufiger mußt du dich schelten,
daß du leider früher das,
was du heut' gut brauchen kannst
zu lernen ziemlich unnütz fand'st.
"Nicht der Schule gilt das Streben, 790
vielmehr gilt es Eurem Leben."
Das wird von Lehrern stets gesagt,
doch wenn man sich mit Daten plagt,
mit Optik und Stiller, Ecu und Macbeth,
mit π und G-Dur, Beaudelaire und Loch Ness, 795
mit Goethes Faust und Integral,
daß einem läuft die Birne heiß,
denkt man schon: "Ihr könnt mich 'mal!
Was brauch' ich denn den ganzen Scheiß?!"
Und wird den Rat fortan mißachten. 800

Doch Schluß mit dieser Diskussion!
Laßt uns doch diese Idylle betrachten.
Die Sonne ist - seht doch - am Sinken schon
und legt einen warmen und zartroten Schein
auf Schlote und Halden und Menschen nieder. 805
Ohne sie könnt' gar nichts sein.

Ich verspüre immer wieder
Lust, mich zu ihr zu erheben,
an den Strahlen mich zu wärmen.
Sonne, Du erschaffst das Leben!   810
Wieder fang' ich an zu schwärmen. . .
Will nicht jeder gerne fliegen
und dem Licht entgegensegeln?
Ach, wie neiden wir's den Vögeln,
die die Schwerkraft leicht besiegen.   815

WAGNER   Ich nicht. Mir reichen Resse, Buer
hier unten. Und ich freu' mich nur,
wenn ich voll Lust studieren kann.
Bücher zieh'n mich in den Bann.

FAUST   Ihr kennt nur eine Eurer Seelen.   820
Oder sollte die zweite Euch fehlen,
die sich in meiner Brust ausdehnt?
Vielleicht bin ich auch schizophren.
Zum einen will ich steh'n auf Erden,
zum andern gerne flügge werden,   825
mit den Geistern in der Luft
erquicken mich an jenem Duft
des Unbegreiflichen.

WAGNER   Mein Herr!
Ich bitte Euch gar herzlich sehr:
Laßt die Geister aus dem Spiel!   830
Die gute Wissenschaft verböt es.
Wie sagt der "Zauberlehrling" Goethes?
"Die Geister, die ich rief,
die werd ich nun nicht los."
Seht, diese Gefahr ist groß.   835
Und dieser Geist, er lief und lief... –
Hey, was bleibt Ihr plötzlich stehen?

FAUST   Habt Ihr den Pudel da gesehen?
Kommt er nicht her, im Kreis gelaufen?

WAGNER   Den da? Klar, der sucht sein Frauchen.   840

FAUST   Wagner Schorsch, du alter Haufen!
Seht Ihr's hinter ihm nicht rauchen?
Das ist kein Hund!

WAGNER   Na was denn wohl?

FAUST

Ihr haltet mich für ziemlich hohl.
Da raucht nichts. Normaler Hund. 845
Jetzt ist er bei uns, Wagner, und
Ihr habt recht, sieht aus wie'n Pudel,
sucht vergeblich sein'n Besitzer.
Doch in diesem Menschenrudel?
Riecht's nach Popcorn und nach Pizza, 850
stellt sich jede Nase dumm.
Hat er 'ne Hundemarke um?

WAGNER

Hat er nicht. Meint Ihr, Ihr könnt
ihn einkassier'n und unterrichten?
Pudel gelten als sehr klug. 855

FAUST

Es wäre ein Experiment.
Ich möchte darauf nicht verzichten.
Ich glaub, ich starte den Versuch.

STUDIERZIMMER I
FAUST kommt mit dem Pudel rein.

FAUST

Verlassen hab' ich die Idylle,
die jetzt tiefste Nacht bedeckt, 860
die mit Frieden und mit Stille
uns're beß're Seite weckt.
ANIMALMAN ist jetzt vergessen,
der sein Handeln nicht bedenkt;
von Liebe ist der Mensch statt dessen 865
wie von Gottes Hand gelenkt.
Köter - Vieh - renn hier nicht 'rum,
Schnüffle nicht in jedem Dreck!
Mach' dich vor der Heizung krumm
auf der Deck'! Geh nicht vom Fleck! 870
Draußen hast du auf dem Hügel
uns erfreut durch dein Gerenne.
Wenn ich dich jetzt wasch' und bügel',
sei schön ruhig, leg' dich und penne!
Hier stehe ich in meiner Stube 875
ausnahmsweise nicht beengt,
nicht in dieser Höllengrube

29

durch des Wissens Macht bedrängt.
Es keimt die Hoffnung, daß man findet,
der hier alles Sein begründet. 880
(Der Pudel fängt an zu knurren.)
Ruhig jetzt, Töle! Dies heilig' Gesinge
nimmt mich völlig für sich ein.
Und in diese wicht'gen Dinge
paßt dein Knurren nicht hinein.
Menschen lachen über Sachen, 885
die sie nur mit Müh' kapieren;
Dinge, die dann Freude machen,
hassen sie, wenn's schwerer fällt.
Was beknurrt ihr dummen Tiere?
Eben das? - Verkehrte Welt! 890
    Mist! Schon spür' ich gar nicht mehr
    Befriedigung; mein Herz ist leer.
    Der Frieden, der so schnell verschied,
    hinterließ mir meine Triebe.
    "Ach, daß das Glück doch länger bliebe!" 895
    Für mich das ewig alte Lied.
    Diese endlos-große Leere
    kann ein Mensch so überwinden,
    daß er glaubt, im Tod, da wäre
    ewig-großes Glück zu finden. 900
    Und kein Buch es besser trifft
    als die alte, Heil'ge Schrift.
    Danach du dir die Finger leckst,
    mit diesem Feeling heute grad',
    das ist bestimmt 'ne große Tat, 905
    zu übersetzen diesen Text.
(schlägt die Bibel auf)
Εν αρχη ην ο λογος.
"Im Anfang war das Wort" steht hier geschrieben.
Da bin ich ja schon häng'geblieben.
Ist das Wort denn gar so wichtig? 910
Wie übersetze ich das denn richtig?
Mein Grips ist doch so scharf wie 'n Messer:
"Im Anfang war der Sinn" klingt besser.
Doch auf den ersten Vers kommt's an.

Es gibt doch wahrlich beß'res, Mann. 915
Soll beim Sinn nun alles bleiben?
"Im Anfang war die Kraft" zu schreiben,
wäre besser – sicherlich.
Doch irgendetwas hindert mich.
Die Frage, was denn λογος heißt, 920
geht mir langsam auf den Geist.
Und eben jener hilft mir grad'.
Ich schreib': "Im Anfang war die Tat."
(Das Knurren des Pudels wird zu lautem Bellen.)
Willst du hier im Zimmer bleiben,
so laß das wilde, laute Treiben. 925
Hörst du wohl jetzt auf zu kläffen,
denn sonst muß mein Haß dich treffen,
und du mußt dann leider gehen.
Ich hoffe, du kannst das verstehen.
(Der Pudel zeigt sich wenig beeindruckt.)
Ich glaube fast schon, ich vermiß' dich, 930
doch du mußt geh'n, ich sag': Verpiß dich!
Was passiert hier? Hab' ich schon
eine Halluzination?
Hab' ich den Star? Ist das Natur?
Das Viech verändert die Statur! 935
Er fliegt schon hoch hier quer durchs Haus:
So sieht doch kein Pudel aus!
Das hier ist gewiß kein Hund!
Häßlich und eklig und stinkt aus dem Mund.
Und gegen solches Monster-Vieh 940
hilft nur eins: Schwarze Magie!

GEISTER *(auf dem Flur)*

    Drinnen ist einer gefangen.
    Wer ihm folgt, ist mitgehangen.
    Er kommt grade aus der Hölle.
    Steht ihm bei! 945
    Er macht sich frei
    in Blitzesschnelle.
    Sieht er uns dann tatenlos,
    ist hier gleich die Hölle los.
    Drum helft ihm, er war immer da: 950

31

Brauchten WIR ihn, war er nah.

FAUST Ja, ich glaub', daß ich ihn könnte
mit den Sprüchen untersuchen.
Mit dem Spruch der Elemente
könnte ich Erfolg verbuchen: 955
    Salamander, Feuertier!
    Hilf mir hier!
    Undene, schönes Wasserwesen!
    Hilf, ihn lesen!
    Luftwesen Sylphe!   960
    Komm zu Hilfe!
    Erdkreatur, du Incubus!
    Kobold, komm und bild' den Schluß!
    (Das Tier reagiert in keinster Weise.)
Ob keines dieser Elemente
Teil des Tieres sein könnte?   965
Statt dessen sitzt es da ganz frech
und grinst mich an auf allen Vieren.
Tja, das ist persönlich's Pech!
Ich muß 'was Härt'res ausprobieren:
    Bist du, Kreatur, sag's mir,   970
    gar ein Höllentier?
    So zeig' ich dir gern
    das Kreuz des Herrn!
    Das soll dich was lehren.
Es scheint ihn zu stören!   975
    Sieh ihn an,
    den gekreuzigten Mann!
    Des Herren Sohn,
    der hier schon
    dich fickerig macht.   980
Ha, das wäre doch gelacht!
Hinter die Heizung ist er gekrochen.
Da brodelt's und fängt es gleich an zu kochen.
Er mutiert zu 'nem Gerät,
das in Nebelschwaden schwebt.   985
Entweiche nicht
durchs Oberlicht!
Hör' auf mich!

Ich warne dich!
Ich mache Drohungen auch wahr. 990
So bann' ich dich gern
im Namen des Herrn.
Nun mache dich mir offenbar!
Ansonsten stelle ICH dich bloß.
(Als sich die Nebelschwaden legen, tritt
MEPHISTO hinter der Heizung hervor.)

MEPHISTO Wer schreit hier so? Was ist hier los? 995
FAUST Was doch in son'm Tier sein mag!
So ein Typ? Ich lach' mich krank.
MEPHISTO Ich wünsche erst 'mal guten Tag;
fürs Rumgescheuche: Vielen Dank!
FAUST Wie heißt du?
MEPHISTO Was für eine Frage 1000
von dir, der du das Wort nicht schätzt,
der bei Nacht und auch am Tage
immer gleich ins Inn're hetzt.
FAUST Bei Kreatur'n aus eurem Reich
erkennt man euch am Namen gleich. 1005
Man kann sogleich das Wesen raten,
hört man Teufel, Satansbraten.
Wie heißt jetzt du?
MEPHISTO Bin nur ein Teil
der Macht, die auf das Böse geil.
FAUST Jetzt hast du mich total verwirrt! 1010
MEPHISTO Ich bin der Typ, der stets negiert!
Alles was heut' tut entsteh'n
muß möglichst bald zugrundegeh'n.
Destruction is the very best.
ICH bin's, der die schwarze Pest 1015
und alles Böse schrecklich liebt.
Nichts Schöneres es für mich gibt.
FAUST Du sagst, du bist nur Teil vom Kuchen?
MEPHISTO Das erklär'n? Ich will's versuchen.
Du Mensch meinst - dumm wie du ja bist - 1020
daß jeder Mensch ein Ganzes ist.
Mein Lob gilt deiner Einfachheit!
Doch ich bin nur ein Teil vom Teil,

der anfangs war die Dunkelheit,
die das Licht zum Menschenheil   1025
zu bekämpfen sich macht Müh'.
Das Licht erkennt: Rien ne va plus!
NICHTS geht mehr! So sehr es fightet,
es unter der Natur doch leidet:
Von festen Körpern reflektiert   1030
wird's dadurch erst von uns erkannt.
Ist alles auf Erden 'mal krepiert,
ist auch das Licht damit verbannt.

FAUST   SO sieht also dein Dienst aus!
Großes zerstören - da wird nichts draus!   1035
Drum fängst du an bei all dem Kleinen.

MEPHISTO Doch das reicht, so will mir scheinen.
Dem, der jetzt gegen's Nichts sich wehrt
und doch immer wiederkehrt,
kann ich leider nicht viel Leiden   1040
- wie's sonst so meine Art - bereiten.
Stürme, Beben, Feuer, Flut -
all das ist zur Zerstörung gut.
Doch Welt und Mensch und auch das Tier:
- Wie viele sind schon unterm Rasen? -   1045
Vermehren sich doch wie die Hasen!
Sowas ist zuwider mir!
Und so weiter, und so weiter,
sieht der Teufel das, so schreit er.
Aus Wasser, Luft und Erde gar   1050
entspringen neue Lebensformen.
Feuer entspricht noch allein meinen Normen,
macht alles kaputt, wie wunderbar!

FAUST   Du ballst - oh Teufel - recht vergebens
die Fäuste gegen jene Kraft,   1055
die Schöpferin all unsres Lebens,
die Gutes will und Gutes schafft.
Such' dir doch schnell ein neu Metier,
du seltsam-komischer Gesell!

MEPHISTO Schaun mer 'mal, ich glaub' ich geh'.   1060
Ich muß wohin und zwar recht schnell.
Ich dürfte doch jetzt, oder nicht?

FAUST	Na klar, ich halte dich nicht hier.
	Geh' doch raus, was fragst du mich?
	Offen steht dir meine Tür	1065
	und das Fenster sowieso,
	desweit'ren bleibt noch ein Kamin.
MEPHISTO	Bei mir gibt's leider STOP , kein GO ,
	ich kann mich leider nicht verzieh'n.
	Da ist ein blödes Pentagramm. . .	1070
FAUST	Dir Höllensohn bereitet's Schmerz?
	DAS krieg' ich jetzt nicht zusamm'n!
	Das ist nicht wahr, das ist ein Scherz!
	Wie bist du dann reingekommen?
MEPHISTO	Das Pentagramm - genau genommen -	1075
	ist leicht schief und nicht ganz sauber.
	Eine Ecke ist noch offen.
FAUST	Das hab' ich ja gut getroffen.
	Das heißt, von diesem ganzen Zauber
	werde ICH jetzt profitieren?	1080
MEPHISTO	Als Hund mußt' ich mich nicht so zieren;
	jetzt ist das 'ne andre Lage:
	Ich muß bleiben alle Tage.
FAUST	Das Fenster steht doch offen dir.
MEPHISTO	Tja, Artikel Hundertvier	1085
	des Grundgesetzes der Unterwelt:
	"Beim Rausgehen ist dir der Weg verstellt,
	ist es ein andrer als du genommen,
	als du zuvor hereingekommen."
	Wie du siehst ist also Schicht.	1090
	Die Frage ist: Was mach' ich jetzt?
FAUST	Hey, das wußte ich gar nicht!
	Der Teufel hält sich ans Gesetz?
	Da biet' ich einen Pakt doch an.
	Du willst doch wohl mit mir paktieren?!	1095
MEPHISTO	Klar, das könnten wir probieren.
	Du kriegst, was man sich vorstell'n kann
	und. . . dauert mir das jetzt zu lang.
	Ich hoff', wir können's später klären,
	ich muß jetzt um and'res scheren.	1100
	Ich muß jetzt geh'n, du weißt: der Drang!

FAUST	Bleib' doch noch ein wenig hier,
	erzähle mir ein paar Geschichten.
MEPHISTO	Ich komm' ja bald zurück zu dir!
	Ich muß was and'res noch verrichten. 1105
FAUST	Eigentlich kann ich ja nichts dafür,
	daß du heute bei mir bist!
	Du bist aus eig'nem Antrieb hier,
	selbst Schuld, dass jetzt der Fall so ist.
MEPHISTO	OK! Ich sehe ja schon ein,
	daß ich bleiben muß - na toll! 1110
	So sag' mir, oh Gebieter mein,
	wie ich dich bespaßen soll!
FAUST	Oh cool! Du weißt, ich bin verspielt.
	Nun fang' schon an, Herr Copperfield! 1115
MEPHISTO	Nun denn, gut, ich fange schon
	an, mein Freund der Illusion:
	Meine Geister werden zeigen,
	worüber andere gerne schweigen.
	Sie werden reizen deinen Riecher, 1120
	wie auch alle andern Sinne.
	Das Zauberspiel sofort beginne!
	Ich zeige dir keine so seltsamen Viecher,
	nein, echte Geister sind es schon.
	Nimm des Teufelsfängers Lohn! 1125
GEISTER	Kalt ist's, wir zittern.
	Weg, du Gewitter!
	Scheine, oh Sonne,
	das macht uns Wonne.
	Dann tät es lohnen, 1130
	hier zu spazieren
	und zu flanieren.
	(immer leiser werdend)
	Alle Personen
	können sich freuen,
	wenn dann im Maien 1135
	das Volksfest startet.
	Auf Wein, Weib, Gesang
	haben wir lang,
	ja lang genug gewartet.

Alles ist schön, 1140
Alles macht Spaß...
(zu MEPHISTO)
Hast du geseh'n,
Mephisto, das war's!
Mit diesem Faust
ist's erstmal aus. 1145
Ein jeder erkennt:
Eingepennt!

MEPHISTO   Eingeschlafen! Euch sei Dank!
Wie jeder's tut bei DEM Gesang!
Ich dulde das drum auch nicht immer, 1150
heut' nur 'mal als Ausnahme,
um zu entkommen diesem Zimmer.
Da liegt er nun und pennt, der Arme.
Bist nicht der große Held, oh Faust!
Du meintest, daß du mich verhaust! 1155
Doch singen meine Geister Lieder,
holt aus dem Schlaf dich nichts mehr raus.
Ich brauch 'nen Rattenzahn jetzt wieder,
der das Pentagramm zerstört.
Ob die da drüben mich wohl hört? 1160

Ich bin der Herr über euch Geschöpfe,
Ratten, Mäuse, Wanzenköpfe.
Komm her, hol' mich aus dieser Zelle,
knabber' hier an dieser Schwelle!
(Die Ratte rührt sich nicht.)
Ich bin's, Satan, der hier sabbelt! 1165
Kommst du wohl hervorgekrabbelt?!
(Die Ratte ist überzeugt.)
Jetzt schnell, sonst geh' ich an die Decke,
hier vorne: Knabber' an der Ecke!
Ein Biß noch, dann ist's endlich offen,
dann bin ich weg, weil ich dann gehe. 1170
Dreck, daß ich den Blick nicht sehe,
wenn Doktor Faust etwas betroffen
um sich blickt, wenn er erwacht.
Ach, was hätte ich gelacht!

FAUST

(MEPHISTO ab, Ratte auch)
(erwachend)
Wurd' schon wieder ich beschissen?   1175
War alles nur des Traumes Strudel?
War's doch der Teufel? Ich will's wissen!
Oder fehlt mir nur der Pudel?

STUDIERZIMMER II
FAUST, MEPHISTO

FAUST
    Es schellt? Komm rein, wer geht mir auf die

                             Nüsse?

MEPHISTO
    Ich.

FAUST
       Komm rein!

MEPHISTO
               Den DRITTEN Gruß ich misse.   1180

FAUST
    Komm rein, Mann!

MEPHISTO
               So ist es mir recht.
Ich hoff', wir beiden kommen klar,
denn ich bin zum Ausgeh'n da.
Schick gekleidet, gar nicht schlecht.
Von "Fishbone" ist die Jacke mein.   1185
Eng muß meine Buchse sein,
Zum Öffnen deiner Pilsbier-Kanne
ist ein Öffner auch gleich dranne.
Die Baseballkappe umgekehrt
ist das, was heut' dazugehört!   1190
Komm, wirf auch du dich nun ins Leder,
dann erkennt sogleich ein jeder
den weltoffenen Modemann.
Zieh' die Ausgehklamotten an,
damit du endlich freier bist.   1195
Ich zeige dir, was Leben ist.

FAUST
    Was ich auch anhabe, zeigt es mir doch,
wie eng die Welt ist und das Leben:
Zu alt, mir ständig die Kante zu geben,
für Harmonie zu jung dennoch.   1200
Was kann mir die Welt noch geben?
Enthaltsam, sagt man, sollst du leben!

Jeden Tag das gleiche Lied:
"Weißt Du nicht was sonst geschieht?
Wenn du frißt und dich besäufst,   1205
stoned durch die Geschichte läufst?"
Das soll dann das Leben sein,
das du mir näher bringen willst?
Reinste Wollust würd' es sein,
mit der du jedes Streben killst.   1210
Dabei ist das mein Lebenssinn.
In meinem Innern voll Ideen,
voller Schöpfungskraft ich bin.
Dieser innere Tumult
ist an meiner Unruh' Schuld,   1215
die mich hier tagsüber arbeiten macht
und mir raubt die Ruh' der Nacht.
Ich würde sicherlich vergehen,
wenn ich einen Tag erlebe,
an dem ich einmal nicht mehr strebe,   1220
einfach keinen Wunsch mehr habe,
nicht 'mal einen. Doch dabei:
Was habe ich von dieser Gabe,
ständig Strebender zu sein?
Komm' ich weiter?   1225
Werd' ich's meistern?
Erklimm' ich die Leiter
zu den Geistern?
Hat mich meine Forschungsmacht
überhaupt weiter als Wagner gebracht?   1230
Ständig kurz vor dem Versagen,
sehr kurz vor Resignation.
Gleichzeitig Horror vor baldigen Tagen,
an denen nur Stille ist. Morgen schon?
Mit meiner Kraft ich's nicht mehr pack,   1235
und so geht mir das Dasein auf den Sack.
Machte das Grab doch ein Ende der Not!

MEPHISTO   Ernsthaft wünscht sich keiner den Tod!
FAUST   Selig ist da doch der siegreiche Django,
den noch im Kampfe der Tod niederreißt,   1240
den er nach kühl-erotischem Tango

in des Weibes Arme schmeißt!
Ach, wär' ich doch beim Geistertreff
einfach so zusamm'ngebrochen!

MEPHISTO Da war doch wer, der sein Gesöff   1245
nicht getrunken, wie versprochen?!

FAUST Das klingt nach "Großer Lauschangriff".

MEPHISTO Ich weiß nicht alles, aber viel.

FAUST Es holte mich des Schiris Pfiff
zurück in dieses Lebensspiel.   1250
Ich spiele, hab' noch nicht getroffen.
Hätte ich 'mal ausgesoffen!
Denn alles, was die Seele bannt
und ihr Freuden satt verspricht,
- das hält es dann natürlich nicht -   1255
alles das sei mir verdammt!
Verdammt, wenn dein Gegner am freien Markt
dir vor der Nase das Unikat
wegschnappt, dessen Akquisition
DU geplant doch lange schon!   1260
Verdammt sei, was uns dahin zieht,
wo wir Geist beweisen müssen!
Verdammt, wenn uns die Freundin flieht,
daß wir heulen in die Kissen!
Verdammt das Geld! Es nützt uns nicht,   1265
zu wahren unser Sackgesicht!
Verdammt, im Drogenrausch zu schweben!
Verdammt, wenn PLAYBOY-Seiten kleben!
Verdammt das Bier! Es macht besoffen!
Verdammt die Frau, die dich läßt hoffen!   1270
Verdammt, du fällst auf sie herein!
Verdammt, trinkst dann zwei Flaschen Wein!
Verdammt, die Bayern werden Meister!
Verdammt das Leben! Ja, ich scheiß' da-
rauf! Verflixt und zugenäht!   1275
Verdammt, wenn nichts mehr weitergeht!
Verdammt, wir sind doch selber schuld!
Verdammt! Verdammt sei die Geduld!

GEISTERCHOR *(unsichtbar)*
Die Welt, oh Mann!

Jetzt ist sie kaputt.   1280
Du schütteltest dran.
Schon liegt sie in Schutt.
Stell sie wieder auf.
Beginn neu zu Leben.
Der Scherben zuhauf   1285
hast du zu nun kleben.

MEPHISTO   Höre auf diese
und ihre Planung.
Sie haben Ahnung.
Geh' auf die Wiese.   1290
Also, Faust, verlaß' das Zimmer!
Wie wär' es denn, wenn wir zwei immer
zusammen durch die Gegend liefen?
Sowohl in Höhen wie in Tiefen
wäre ich dann dein Lakai.   1295

FAUST   Welcher Haken ist dabei?

MEPHISTO   Ach, das hat Zeit...

FAUST   Nein, rück' schon raus!
Wie sieht die Bedingung aus?
Bei so 'nem Diener kann es sein,
daß man sich brockt Böses ein.   1300

MEPHISTO   Wenn ich dir alles HIER bereite,
tust du es auf der "andern Seite".

FAUST   Ach so, wenn's weiter gar nichts ist,
dann lasse ich mich gern drauf ein.
So lange du mein Diener bist,   1305
wird's recht angenehm hier sein.
Was dann danach kommt, ist mir gleich.
Ich diene dir im andern Reich.

MEPHISTO   Dann laß uns hic et nunc paktieren;
ich dien' dir gleich auf allen Vieren.   1310

FAUST   Was kannst du denn, du Teufel du?
Fliegst du nach Sydney mich im Nu?
Machst du, daß ich in keiner Nacht
jemals wieder schlafen muß?
Schickst du mir einen ganzen Fluß   1315
voll Bier, das nicht besoffen macht?
Hast Pommes, die man essen kann,

41

ohne zuzunehmen ein Gramm?
Bremst München auf dem Weg nach oben?
Entnimmst dem Hirne Lenins Proben? 1320
Kannst du mir den Sinn erklär'n
von Achim Menzels Hitparade?
Holst du mir Drachenblut von fern,
damit ich wie Held Siegfried bade?
Erklärst mir Wittgenstein und Hegel? 1325
Dazu gleich noch die Abseitsregel?
Kannst du zu Zwölftonmusik singen
und mich nach Atlantis bringen?

MEPHISTO   Na klar, das geht, ist kein Problem,
doch klingt das ziemlich unbequem: 1330
Soviel Gehetze und Gemache
ist nicht ganz so meine Sache.
Und auch nicht deine, du wirst sehen.
Drum legen wir uns auch 'mal hin.

FAUST   Das nicht, so wahr ich fleißig bin! 1335
Passiert das, sei's um mich gescheh'n!
Sobald ich aufhöre zu streben,
möcht' ich auch nicht weiterleben.
Wie wär's? Hand drauf?

MEPHISTO   Und gimme five!

FAUST   *(schlagen ab)*
Wenn ich dann einmal selig sag': 1340
"Bleib doch noch, du schöner Tag!"
dann Besitz von mir ergreif'!

MEPHISTO   Überlege dir das recht,
ich vergesse sowas schlecht.

FAUST   Schon passiert. Es sei, wie's ist. 1345
Ich weiß, daß du mein Herr dann bist.

MEPHISTO   Dann will ich dir helfen gleich,
willst du dir was einverleiben.
Könntest du vorher vielleicht
den Vertrag hier unterschreiben? 1350

FAUST   Wie bitte? Pedantisch isser?
Mephisto, alter Tintenpisser!
Ein Mann, ein Wort! Ich sag's, dann gilt's!
Doch bitte, wenn du wirklich willst:

Mit welcher Farbe? Ich hab' zehn 1355
an diesem Kuli. Willste seh'n?

MEPHISTO Ich glaube, rot wäre ganz gut.
Doch nicht mit diesem Kugelschreiber.
Unterschreib' mit deinem Blut!

FAUST Blutabzapfen? Ist nicht - leider. 1360
Ich kipp' um. Doch bitte, Mann:
Reicht denn nicht die schlichte Sprache.

MEPHISTO An Blut ist was Besond'res dran.

FAUST Meine Herrn, daß ich nicht lache:
Keine Angst, daß ich bescheiße! 1365
Denn, so wahr ich Fausten heiße,
will ich stets in meinem Leben
nach meinen Kräften weiter streben.
Und wir haben, glaub' mir das,
sicher eine Menge Spaß, 1370
wenn wir, das wär' ziemlich löblich,
Wunder sehen. Mach' das möglich!

MEPHISTO Meinetwegen darfst du tun,
was du willst. Ich werd' nicht ruh'n,
dir zu zeigen, was beliebt, 1375
und was es so auf Erden gibt.

FAUST Es geht mir nicht mehr um das Wissen.
Mal geht's mir gut, 'mal geht's beschissen.
Warum? Die Antwort dieser Frage
will ich auf meine alten Tage. 1380
Ich will Pro UND Contra lernen,
vom stumpfen Pauken mich entfernen.

MEPHISTO Das, mein Freund, ist nichts für dich.
Ich will das auch und kann's doch nicht.
Das ist nur was für Götter, gell?! 1385

FAUST Ich will aber!

MEPHISTO   Ja, das klingt gut!
Doch trotz allem frischen Mut
müßtest du schon machen schnell,
dich beeilen: Ran an's Werk!
Dennoch, sag mir: Gibt es einen,
der dir alle Tugend schenkt, 1390
gleichzeitig dein Augenmerk

auf die Untugenden lenkt?
Ich persönlich kenne keinen.

FAUST Bremse nicht den Strebenssturm. 1395
Bin ich nicht MEHR wert als ein Wurm?

MEPHISTO Du bist und bleibst der Doktor Faust.
Denk' dir ruhig Kostüme aus:
Verkleide dich als Leichtmatrose.
Steck' dir ein Kissen in die Hose, 1400
geh' als des Staates Oberhaupt.
Alles das sei dir erlaubt.
Schminke einfach dein Gesicht,
sprich in einem and'ren Ton.
Doch kannst du ändern die Person? 1405
DAS gelingt dir leider nicht.

FAUST Alles Streben meines Lebens
war - ich spüre es - vergebens.
Hab' 'ne Menge rausgefunden:
Was getrennt war, ist verbunden. 1410
Doch alles das ist jetzt egal,
denn durch diese Aktionen
bin ich nicht MEHR infinitesimal
als zuvor. Das tat nicht lohnen.

MEPHISTO Du siehst das viel zu oberflächlich. 1415
Doch ich hab' da 'ne Idee:
So wie ich die Sache seh',
ist dein Leben doch vortrefflich.
Wenn ich dich grad' recht verstanden,
stören dich des Denkens Banden. 1420
Drum: "Denk' nicht nach!" heißt die Devise.
Du kommst sehr weit, hörst du auf diese.
Denn solange man den Scheiß
um sich rum zu nutzen weiß,
kann man auf Erden prickelnd wohnen. 1425
Glaube mir, das würd' sich lohnen.

FAUST Wie denn, bitte?

MEPHISTO Erstmal: Raus!
In was für einem Folterhaus
wohnst du eigentlich, mein Freund?
Total mit Büchern eingezäunt! 1430

Und das Beste, was du hast,
- das ist deine größte Last -
darfst du Schüler eh' nicht lehren.
(lauscht)
Mir war's, als würd' ich einen hören.

FAUST   Oh nein, nicht jetzt, und auch nicht hier!   1435

MEPHISTO   Überlaß ihn einfach mir!
Gib mir schnell nur deine Jacke
(zieht sie an)
und die Mütze,
(setzt sie auf)
           und ich packe
ihn in einer Viertelstunde.
Mach du dich fertig für die Runde.   1440
(FAUST ab)
Fang' ich an, den zu beglücken,
wird er bald mit irren Blicken
das Leben voll und ganz genießen.
Das Bier soll ihm in Strömen fließen.
Und siehe, dann ist es vollbracht.   1445
Prachtvoll find ich's, wenn er sagt:
"Schöne Zeit bleib' einfach stehen."
Denn dann muß er mit mir gehen.
Und hätt' er NICHT mit mir paktiert,
wär' er trotzdem bald krepiert,   1450
weil sein ständig-stures Streben
ihn sonst kostete das Leben.
(SCHÜLER tritt auf.)

SCHÜLER   Ich bin in diesem Haus erschienen,
steh' voll Demut nun vor Ihnen,
weil ich nämlich bin Verehrer   1455
von Euch weltbekanntem Lehrer.

MEPHISTO   Nun hör 'mal auf mit Schmeichelei;
von meiner Sort' gibt's noch zwei, drei.
Hast du's bei denen schon versucht?

SCHÜLER   Die sind alle ausgebucht!   1460
Die Mutter ließ mich ungern gehen.
Im Nachhinein muß ich gestehen
fehlt mir schon die Waschmaschine.

	Doch stört mich das grad' nicht so sehr,	
	bedenk' ich, daß von Ihnen, Herr,	1465
	ich jetzt lerne, Ihnen diene.	
MEPHISTO	Na dann! Ich geb' dir 'nen Termin.	
SCHÜLER	Besser nicht! Ich möchte flieh'n:	
	Hier drin stinkt es mir zu sehr.	
	Vor der Tür gefällt's mit mehr:	1470
	Hier sieht man weder Strauch noch Baum.	
	Das fördert doch das Lernen kaum.	
	Unter Sonne, Mond und Sternen	
	läßt sich's doch viel besser lernen.	
MEPHISTO	Man gewöhnt sich an Allem, am Dativ sogar.	1475
	Ein Baby nimmt doch auch nicht gleich,	
	was Mami ihm zum Stillen reicht.	
	Später - ist doch sonnenklar -	
	hört es nicht mehr auf zu trinken.	
	Die Titten, die dir hier drin winken,	1480
	sind die der Weisheit. Du wirst sehen:	
	Genauso wird's auch dir ergehen.	
SCHÜLER	Na gut, ich will die Brüste fassen	
	und sie da nicht so hängen lassen.	
MEPHISTO	Dann mußt du mir noch erzählen:	
	Was für LKs willst du wählen?	1485
SCHÜLER	Mein Schwerpunkt liegt in Wissenschaften,	
	die andere recht schwierig rafften:	
	Naturgescheh'n analysieren	
	tät' mich ziemlich interessieren.	1490
MEPHISTO	Damit könnt' ich dich schon beschäftigen,	
	doch man nennt mich auch den "Heftigen"...	
SCHÜLER	Na klar, ich weiß, will mich bemüh'n,	
	doch käm' ich besser darauf klar,	
	könnt' ich auch durch Kneipen zieh'n,	
	wenn's Wetter ist so wunderbar.	1495
	Studieren? Klar, mit Eifrigkeit!	
	Doch braucht auch's Feiern seine Zeit.	
MEPHISTO	Die Zeit verfliegt, mein junger Sohn.	
	Zeit ist auch der Ordnung Lohn.	1500
	Mein Freund, mein Rat ist dieser da:	
	Zuerst die Schola Logica,	

wo man sich besonders freut,
daß man die Logik euch einbleut,
auf daß der Geist in engen Spuren   1505
im Hirn erledigt seine Fuhren
und nicht im Zick-Zack-Kurs verwirrt,
was dich wirklich int'ressiert.
Weiters wirst du lernen da,
daß das, was selbstverständlich war,   1510
wie Essen, Trinken und so weiter,
benötigt viele Vorarbeiter.
Im Kopf ist's wie im Kleidungswerk,
wo mittlerweile jeder Zwerg
per Knopfdruck alles steuern kann.   1515
Und zack, komm'n aus dem Output-Schacht
die tausend Jeans, die er gemacht -
früher braucht' es tausend Mann.
Philosophen, wie sie heißen,
woll'n dir SO die Welt beweisen: 1520
Stimmen das Erste und Zweite hier,
so stimmen auch Sachen Drei und Vier.
Sind Eins und Zwei schon inkorrekt,
fallen Drei und Vier auch weg.
Und? Kapiert?

SCHÜLER   Äh...

MEPHISTO   Ach, vergiß es!   1525
Recht bald siehst du: Einfach ist es!
Für Schüler gibt's keine beß'ren Chosen,
nur produzier'n sie keine Hosen.
Denn wer Lebend'ges will erkennen,
muß Verbindung sehen können.   1530
Sonst scheitert die Ideenfindung
an nicht vorhand'ner geist'ger Bindung.
Lateinisch heißt das mit Niveau
"Encheiresin naturae" - oder so.

SCHÜLER   Danach steht mir nun nicht der Sinn.   1535

MEPHISTO   Ach, das kriegen wir schon hin.
Kennst du erst die Reduktion
und Klassifizierung, dann geht's schon.

SCHÜLER   Warum hab' ich Euch angeheuert?

	Ich glaub', ich werd' schon jetzt bescheuert.	1530
MEPHISTO	Nun denn, sogleich mit viel Geschick,	
	geht's in die Metaphysik!	

Das Sein als Sein
versteht kein Schwein.
Drum klingt auch alles gar so edel, 1545
sonst kriegt es keiner in den Schädel.
Geht es rein, oder auch nicht,
mach' bloß ein wissendes Gesicht.
Natürlich kommst du erst, mein Bester,
zu mir, in deinem Erstsemester. 1550
5 Stunden "Grundlagen Grundrechenarten"
werden dich bei mir erwarten.
Und - das sei hier eingeleitet -
immer sehr gut vorbereitet,
um zu seh'n, ob, was er spricht, 1555
auch im Buch steht oder nicht.
Und alles mußt du dir kopieren,
denn: Kopieren geht über Kapieren.

SCHÜLER Na klar, das hab' ich mir gedacht!
Ich weiß, warum, ist ja auch klar: 1560
Was steht auf meinen Zetteln da,
kann ich nachhol'n wie gesagt.

MEPHISTO Was ist denn nun mit dem LK?

SCHÜLER Nachdem, wie Sie dafür geworben,
ist Bio-LK wohl gestorben. 1565
Ich dachte auch schon 'mal an Recht,
doch weiß ich wirklich nicht so recht.
Ich glaube, Jura sollte ruh'n.

MEPHISTO Ich nehm's dir nicht so übel, nun,
mein Interesse ist auch rar. 1570
Grundsätzlich wird das Recht ererbt,
so kriegt es jede Generation.
Bei Jura wirst du dich, mein Sohn,
mit DIESEM Recht niemals befassen,
sondern mit Gesetzesmassen. 1575
Und wenn die Lage sich verfärbt
von schwarz auf rot, ist alles alt:
Und für ein Riesenschweinegeld

- doch was kostet schon die Welt -
kommt die Schönfeldernachlief'rung bald.   1580
Dann wird aus jedem Dreck ein Scheiß
- nur viel größer -, daß die Kinder
na ja - zumindest mehr und minder -
und kein andrer weiter weiß.
Im übrigen zerstört, mein Sohn,   1585
das Recht die Determination.

SCHÜLER   Das ist ja ein großer Schock:
Darauf hab' ich keinen Bock.
Und wenn ich Reli-LK mache?

MEPHISTO   Das war jetzt nicht der Sinn der Sache!   1590
Diese Wissenschaft birgt Tücken:
Man kann sich bei 'ner Problematik
in die falsche Richtung schicken,
die so sehr ähnelt der Dogmatik.
Besser ist es, wenn sofort   1595
des Lehrers ausgesproch'nes Wort
zu deiner eig'nen Meinung wird.
Weil der Lehrer ja nie irrt,
wirst Einsicht du mit Löffeln speisen.

SCHÜLER   Muß der Lehrer nichts beweisen?   1600

MEPHISTO   Na ja, manchmal da kann man's
richtig belegen nicht so ganz.
Da lobt der Lehrer dann den Weisen,
der dem Worte Glauben schenkt
und nicht von alleine denkt.   1605
Merke:
Dem Lehrer glauben ist nicht schwer,
ihn zu widerlegen sehr.

SCHÜLER   Sorry, daß ich soviel frage.
Mir liegt auch Medizin am Herzen: 1610
Magen, Trümmerbruch und Schmerzen,
Wühlen in Organen, Därmen!
Dafür könnt' ich mich erwärmen.
Nun, wie ist da so die Lage:
Ist noch Platz, so auf die Schnelle?   1615
"Dr. med." auf meiner Schelle
wär' schon cool. Doch sind drei Jahre

wahrlich wenig Zeit dafür.
Da ich noch anderes studier',
- und ich kann ja, Gott bewahre, 1620
nicht alles lernen, was es gibt -
wär' mir ein kleiner Wink ganz lieb,
daß einen Überblick ich hätte.
Dann weiß ich, wie es geht voran.

MEPHISTO *(für sich)*
Jetzt laß' ich den Teufel von der Kette, 1625
weil ich diesen Scheiß nicht mehr hören kann.
(laut)
Pack' nicht zu voll den Stundenplan,
denn SO leicht ist es nicht getan.
Mehr als 40 Wochenstund'
sind nicht so fürchterlich gesund. 1630
Doch: Medizin, das ist, mein Sohn,
nicht allzu schwer, das tät sich lohn'n.
Denn es ist recht gut zu wissen,
wie man mit der Frau umgeht.
Das willst doch wohl auch du nicht missen? 1635
Wenn "Dr." auf der Schelle steht,
wächst ganz schnell schon das Vertrauen.
Dann brauchst du dich nur umzuschauen,
welche dir die Liebste ist.
Mit so einer kleinen List 1640
läßt sich spielend das erzielen,
was andere niemals erreichen:
Ein Herz für dich dir zu erweichen
geht leicht bei deinen Doktorspielen.

SCHÜLER Aha, das klingt doch gar nicht schlecht. 1645
Sowas ist mir sicher recht!

MEPHISTO Die Theorie, mein Sohn, ist grau.
Die Praxis macht den Himmel blau.

SCHÜLER Mann, toll, bei diesem geilen Mann
bin ich ab nun im Studium. 1650
Ich gehe nun, mein Herr, darum
ruf' ich Euch später noch 'mal an,
um den nächsten Tag zu buchen.
Habt Ihr e-mail, seid Ihr online?

Habt ihr scall, oder gar so ein 1655
Handy da von Mannesmann,
auf dem ich Euch erreichen kann?
Damit den Tag ich nicht vergeß',
schickt mit doch 'ne SMS!

MEPHISTO Ihr könnt mich gerne bald besuchen. 1660
Doch dieser Multimedia-Kack,
geht mir ziemlich auf den Sack.
Das beste ist, mein lieber Sohn,
das alte Wählscheibentelephon.

SCHÜLER *(wendet sich um)*
Ach so, hier in das Buch hinein 1665
schreibt mir noch 'nen weisen Spruch.
Es muß auch gar nichts Langes sein,
Hauptsache ist, es klingt recht klug.

MEPHISTO OK.
(schreibt und gibt das Buch zurück)

SCHÜLER *(liest)*
Eritis sicut deus, scientes bonum et malum. 1670
(schließt das Buch ehrerbietig)
Habt vielen Dank für diese Tat. *(ab)*

MEPHISTO Beherzige nur diesen Rat:
Jenes Wort, das einst die Schlange
sprach zu Adams Eva listig,
Kreatur'n von meinem Range 1675
finden das durchaus recht witzig.
(FAUST tritt auf.)

FAUST Wohin geht's jetzt?

MEPHISTO   Komm, folge mir!
Ich zeige alle Freuden dir.

FAUST Ich weiß nicht. War stets Stubenhocker,
vor all den andern niemals locker, 1680
wollt' mich nie alkoholisieren,
um mich bloß nie zu blamieren,
vertrage nicht die fast food-Küche.
Weiters fallen mir nie ein
lustige und derbe Sprüche. 1685

MEPHISTO Das wird ab heute anders sein.
Komm mit, mein Freund, und du wirst sehn:

FAUST Was häßlich scheint, wird plötzlich schön.
Und wie geh'n wir zwei auf die Piste?
Wo parkt denn des Mephistos Kiste?   1690
Ein Ferrari, will ich hoffen.

MEPHISTO Wir fliegen auf dem Mantel mein,
hab' Angst um meinen Führerschein,
wenn ich heut' abend hab' gesoffen.
Ich mach' uns unterm Hintern Feuer,   1695
und dann geht's aufwärts mit Gebraus.
Herzlichen Glückwunsch, lieber Faust:
Von jetzt an bist du ein ganz Neuer.

EIN LOKAL OHNE NAMEN
der Großteil einer gymnasialen Stufe 13

JOSY Was für 'ne trübe Stimmung hier!
Wißt ihr was? Ich hol' noch Bier.   1700

FELDI Bringst mir eins mit?

MICHAEL   Mir auch?

HILDE   Mir kein
Bier, dafür a Glaserl Wein?

JOSY Na klar! Wer soll das alles tragen?! *(ab)*

SCHORSCH Das kann ich dir einfach sagen:
Der Holger!

MELANIE   Der? Das halbe Hemd?   1705

HOLGER Wieso denn ich?

SCHORSCH *(triumphierend)*
    Du hast gestemmt
drei Flaschen Rotwein letztes Mal
und Feigling und Baileys bei Wiegandts im Saal.

MELANIE Ach Schorsch! Du Blödmann! Wer hat das
    erzählt?

SCHORSCH Der Meyer!

JENS   Das hast du mißverstanden.   1710
Der hat nicht seine Muskeln gestählt!
Sein Ruf kam vielmehr so zuschanden,
daß er alles GETRUNKEN hat.

HOLGER Das steht auf einem and'ren Blatt!

Das ist nichts für heute, und jene Feier 1715
bleibt in der Versenkung, Meyer!
Ich hatt' nicht allein zu viel Wein im Bauch.

HILDE Nur einer fing aber zu reden an.

MELANIE *(halblaut)*
Der Gurkengundel!

SCHORSCH Der Holger kann
doch trotzdem helfen.

FELDI Du doch auch! 1720

SCHORSCH Wieso?

ALLE Mann, Schorsch!

MICHAEL Beweg die Tolle,
Hans Rosenthal!

FELDI Loretta!

JENS Else!

SCHORSCH *(resignierend)*
Wie viele Biere?

MICHAEL Mein Gott, zähl'se!

SCHORSCH *(fängt an zu zählen)*

MARTIN Ich will kein Bier!

SCHORSCH Spielt keine Rolle.

MARKUS Ja?!

JENS Nein, du warst nicht gemeint. 1725
(JOSY kommt zurück.)

MARKUS Was ist, Schorsch?

FELDI Ach, wie es scheint,
nutzt er grad' seine beste Gabe:
Er ist 'mal wieder Prügelknabe!

SCHORSCH Also,...

MARTIN Guck 'mal, wer da hinten steht!

KERSTIN Meinst du die beiden Kerle da? 1730

MARTIN Ach Quatsch, ich mein' die Tiffi.

MICHAEL Ach, die mit den dicken Titten?

SCHORSCH Ich,...

MELANIE Soll'n wir sie herüberbitten?

DENNIS Dann wär kein Platz mehr auf dem Tisch.

HILDE E-kel-haft!

DENNIS Nur realistisch! 1735

MARKUS Du bist mit 'nem Scherz sehr schnell bei der Hand,

53

	doch auf tausend Meter hat die mich überrannt.
DENNIS	Tut mir leid, da muß ich lachen.
	Wie – bitt' schön - will die das machen?
MICHAEL	Die kann doch gar nicht zu laufen wagen, 1740
	denn wenn die das tut, wird sie erschlagen!
FELDI	Du siehst das falsch: Die ist oben so schwer,
	die lehnt sich nach vorne und läuft hinterher.
	(Alle lachen, bis auf KERSTIN.)
JENS	Warum die Kerstin nicht lachen kann!?
	(Es lachen wieder alle, bis auf KERSTIN.)
HILDE	So ein Spruch vom Jensemann! 1745
JOSY	Der Jens verblüfft uns immer wieder.
HILDE	Von wegen, Djensi, brav und bieder.
SCHORSCH	Sternhagelvoll ins Waschbecken gebrochen!
	Das hat man tagelang noch gerochen.
	Und...
MELANIE	...jetzt das! Ich wußt' es immer: 1750
	Der Jensen ist ein ganz, ganz schlimmer.
	Aber so auf tausend Meter
	kriegt die wirklich nicht ein jeder.
MAX	Ich kenn' das auch, die ist ganz flott.
MICHAEL	Hoi Max!
MAX	Beim Laufen!
MICHAEL	Ach so!
MAX	Oh, mein Gott! 1755
	Je mehr ein Mann am Abend trinkt,
	desto tiefer parallel das Niveau dazu sinkt.
JENS	Es sinkt sozusagen in Kongruenz!
JOSY	Ach, weißt du was?! Halt die Fresse, Jens!
	Ich möchte von Mathe nichts mehr hören. 1760
JENS	Wahrscheinlich würde dich alles stören,
	was irgendwie hat mit Schule zu tun.
HILDE	Ach, lassen wir dieses Thema doch ruh'n!
MAX	Komm, Josy, FAST ist es vorbei!
MARTIN	Möchtest du wirklich, daß sie kommt? 1765
MAX	Martin, du hast wohl zuviel gesonnt.
	Dein Hirn ist verbrannt, mir scheint dabei
	ist nur das Wort Sex noch übriggeblieben!
MARTIN	Ist doch auch der stärkste von den Trieben.

JENS	Und außerdem ist das Braun nicht Natur,	1770
	eher so'n Selbstbräunungszeug draufgestrichen,	
	dem Braun ist ein Hornhautumbra gewichen!	
MARTIN	Es war für ein Turnier auch nur!	
JOSY	*(zu MAX)*	
	Warum gebrauchst du das Wort "fast"?	
MAX	Wann hab ich das zu dir gesagt?	1775
	Und wie ist der Zusammenhang?	
JOSY	So sehr bin ich bei dir gefragt,	
	daß du ein Gespräch speicherst derart lang?!	
MAX	Es dämmert! Ich weiß, daß du Schule haßt.	
	Streich es: Es ist JETZT vorbei!	1780
	Alle Klausuren sind einerlei,	
	wir sollten immer positiv denken,	
	die Gedanken weg von der Schule lenken.	
	Helmut! 'ne Cola! Ich brauch' Koffein.	
	Schade, daß ich mit dem Auto bin.	1785
	Ich würd' gern einen mit dir saufen.	
JOSY	Mach' doch! Kannst ja nach Hause laufen.	
KERSTIN	Sag' das nicht, der macht's sofort.	
JOSY	Bei der Käle wär das doch Mord!	
KERSTIN	Der hat's schon 'mal bei mir gemacht.	1790
MARTIN	Was denn?	
KERSTIN	Von Resse nach Hause in kalter Nacht!	
MARTIN	Ach, das ist ja langweilig.	
	Ich dacht', der macht auch 'mal was richtig.	
MAX	Vielleicht mach' ich's ja richtig	
	und du weißt nicht davon.	1795
MARTIN	Wer's glaubt wird selig.	
	Ich wüßte das schon.	
MELANIE	Martin scheint allwissend zu sein.	
MAX	Wißt ihr was, ich geh' aufs Klo!	
JOSY	Ach, das machst du einfach so?	1800
FELDI	Auch ich könnte den Gang zum Pott	
	wohl wieder 'mal gebrauchen.	
	(FELDI und MAX ab.)	
MARKUS	Und ich werd' erst 'mal eine rauchen.	
JOSY	Ich auch, und was ist mit dir, Micha?	
	(MICHAEL lehnt dankend ab. JOSY und MARKUS	

zünden sich eine Zichte an. Marlboro LIGHTS.)

DENNIS	"Allwissender Martin": Das hat sicher	1805
	den Grund in seiner Beziehung zu Gott.	
	Schließlich studiert er Theologie.	
MARTIN	Das nenn ich fast schon Blasphemie.	
MELANIE	Wie du das nennst, ist doch egal.	
SCHORSCH	Was macht denn eigentlich der Saal?	1810
MARTIN	Der Saal?	
MELANIE	Aaah, SCHORSCH, geh' einfach raus,	
	dann rechts herum. Vor diesem Haus,	
	da steht ein Baum: Häng' dich dran auf!	
DENNIS	Du nimmst da ganz schön viel in Kauf,	
	wenn du dich mit Melanie unterhältst.	1815
MELANIE	Geh gleich mit, wenn's dir nicht gefällt.	
	(FAUST und MEPHISTO betreten das Lokal.)	
MARTIN	Ach, schau 'mal an: Die Tiffi geht.	
JENS	Was auch immer sie hier wollte.	
MARKUS	Es ist ja schließlich auch schon spät.	
MELANIE	Ist egal.	
KERSTIN	Meine Herren, sollte	1820
	einer von euch die beiden da kennen?	
HILDE	Den Bärtigen, den in schwarz - rot?	
KERSTIN	Die genau!	
MELANIE	Ach, tut das not?	
	Wer will die mit Namen nennen?	
MEPHISTO	*(zu FAUST)*	
	Gesicht, wie 'ne Woche Regenwetter!	1825
	But here inside, it will get better.	
	In diesem Laden tobt das Leben!	
KERSTIN	Die kommen her, kann es das geben?	
JENS	Du träumst!	
MEPHISTO	*(mit FAUST hinzutretend)*	
	Könn'n wir uns auf diese Plätze,	
	wenn sie frei sind, wohl noch setzen?	1830
JENS	*(für sich)*	
	DÜRFEN zumindest.	
KERSTIN	Sind frei!	
JOSY	Kost' 'ne Runde.	
MEPHISTO	Die werd' ich zu gegebener Stunde	

organisieren.
(setzen sich)

KERSTIN	Wer seid ihr denn?
MEPHISTO	Das hier ist Heinrich - nennt mich einfach Meph!
fast ALLE	MÄFF!?
MEPHISTO	Das reimt sich doch auf Chef.
MELANIE	Was?
MEPHISTO	Scherz! Jemand, den ich gut kenn',

hat meine Initialen verbunden,
und so einen Nickname für mich erfunden.

MARTIN   Der Max würde das gut verstehen.

JENS   Ward der denn wieder 'mal gesehen?

JOSY   Nee, der ist noch immer weg.

MEPHISTO   Was ist das denn hier für ein Dreck?

Keiner lacht und keine Mucke,
und mir fehlt schon jede Spucke.

JOSY   Wat sach ich!

MEPHISTO   Habt ihr nichts zu feiern?

SCHORSCH   Doch klar, aber...

MELANIE   Im Grunde nur,
die letzte Klausur zum Abitur.

MEPHISTO   Na, das ist doch einmal was.

Macht das denn so wenig Spaß?
Keine Schlachtrufe, keine Gesänge,
und an der Theke kein Gedränge?

MARKUS   Klar doch:
(fängt an zu singen; nach und nach stimmen die anderen mit ein.)
Wir schlugen Weller, wir schlugen Schneider,
wir schlugen Teben sowieso.
Galinski, Wolfgang Geipel, Manni Hein, das war
'ne Show.

MEPHISTO   Ihr schlugt sie alle? Soso.

Doch so zu singen, ist antiquiert.
Wißt ihr, wie man heute die Herzen anrührt?

FAUST   *(zu MEPHISTO)*
Laß 'mal gehen.

MEHRERE   Das wollen wir sehen!

1835

1840

1845

1850

1855

MEPHISTO   *(Rap)*
Vor kurzer Zeit war es soweit: Ich war bereit, mich 1860
total zu besaufen. Ich war so breit, konnte kaum
laufen nach Hause, denn ohne Pause soff ich bei
der Sause in unserer Klause.
Parties, die gefallen mir. Trink' Wein auf Bier, das
rat' ich dir, und Bier auf Wein schütt' immer rein.
Da war ein Mädchen fein. Ich möcht' Steven Gätjen
sein, der von MTV, denn den mögen sie. Oder
Käpt'n Mola. Gib mir 'n Ouzo-Cola, denn dann
wird mir wohler. Ich werd' langsam voller. Voller
und Völler, wie der Fußballspieler. Mit zwei Eis
von Schöller und 'nem Hemd von Dieler stehe ich
vor ihr, sag': "Du gefällst mir!" Sie fängt an, zu
lachen, Mensch, was soll ich machen?!
Sie ist erste Sahne, ich hab' eine Fahne, und ich
ahne, daß sie mich nicht mag. An diesem Tag, weiß
nicht, woran's lag, war ich völlig down. Mann, ich
hasse die Frau'n. Hab' mich auf's Sofa gehau'n,
genau vor die Glotze. Das Programm ist Rotze: Nur
Chicago Hope und die Daily Soaps. Keine Satis-
faction, denn ich steh' auf Action-Filme mit van
Damme. Mensch, DAS ist ein Mann, der sich prü-
geln kann, der kommt bei Frauen an. Ich find' auch
Balko toll, ich greif' zum Alkohol, weiß nicht, was
das soll, da ist Helmut Kohl zehnmal cooler als ich;
ich besudele mich.
Doch irgendwann einmal ist es auch der Fall, daß
auch ich da bin, genau da, wohin ich will und bis
dahin chill' ich noch ein wenig, und ich schäm'
mich, daß ich alter Depp hier so 'ne Scheiße rap. Ja,
ich rap nur Dreck, 'cause I'm not black. Ach, ich
kann das nicht richtig, mach' mich dennoch wichtig, aber jetzt mach' ich Schluß, oh Mann, mit diesem Stuß und Tschuß!
(Applaus)

MICHAEL   Das war cool! Ich hab' gedacht,
daß sowas nur ein Schwarzer macht.

JOSY   Weißt du noch, was du versprochen?

MEPHISTO	Hat dich ein Skorpion gestochen?	
	Gelüstet es dich gar so sehr?	1865
JOSY	Das ist ganz klar: Mein Glas ist leer.	
MEPHISTO	Dann eben jetzt, so wie ihr meint.	
	Wonach steht euch grad' der Sinn?	
	Und - so wahr ich Mephisto bin -	
	was als erstes euch erscheint,	1870
	füllt sofort vor euch das Glas.	
JOSY	BIER!	
MICHAEL	Ich auch!	
JENS	Köstritzer!	
HILDE	Wein!	
MEPHISTO	So soll es sein.	
	(zeichnet etwas in die Luft; alle erstarren.)	
	All diese Menschen ohne Maß!	
FAUST	Komm, wir gehen woanders hin.	1875
MEPHISTO	Das macht sicherlich mehr Sinn.	
	(FAUST und MEPHISTO ab)	
JOSY	*(sich aus der Erstarrung lösend)*	
	Ahh, ein frisches kühles Bier.	
MICHAEL	Das gleiche steht hier auch bei mir.	
	Danke Josy!	
JOSY	Wofür das?	
MICHAEL	Ist das Pils hier nicht von dir?	1880
	War da nicht gerade was,	
	daß du da zur Theke bist?	
JOSY	Glaub' mir: Das ist nicht von mir.	
MICHAEL	Wer ist dann der edle Spender?	
HILDE	Dann sage auch gleich, wer das ist,	1885
	der mir den Wein hier hergestellt.	
SCHORSCH	Ich hab' was empfangen, wo ist der Sender?	
MARTIN	Wem, um alles in der Welt,	
	hab' ich das Wasser zu verdanken?	
DENNIS	Um jedes Glas scheint sich irgendwie	1890
	ein Geheimnis herumzuranken.	
	Mir ist alles längst schon klar:	
	Ich träum' gerad' von DSA!	
MELANIE	Es gibt eben Sachen, die	
	du nicht zu begreifen hast.	1895

59

FELDI *(MAX und FELDI kommen vom Klo zurück.)*
Haben wir irgendwas verpaßt?

HEXENKÜCHE
FAUST, MEPHISTO

*(FAUST und MEPHISTO betreten ein Haus, an
dem draußen ein Schild hängt: "Hexenküche -
Horoskope, Weissagungen, Liebetränke".)*

FAUST Mensch, was sind das für Gerüche
in der alten Hexenküche?
Grad' in dieser soll es glücken,
daß - mit Hilfe von der Alten - 1900
ich 30 Jahr' zum Herrn kann schicken?
Nun, ich laß' sie erstmal walten.
Und wenn das Ganze hier mißlingt?
Ich glaub' fast gar nicht mehr daran,
daß die Sache hier was bringt. 1905
Gibt's nicht beß're Mittel, Mann?!

MEPHISTO Doch, klar, du schwätzt 'mal wieder 'rum:
Ein Mittel, das dabei dir helf'
ist - nun frag' doch nicht so dumm! -
bekannterweis: Do-it-yourself. 1910

FAUST Wie meinst du das?

MEPHISTO Ganz kostenfrei,
und ohne Hilfe der Magie
in den Garten, 1-2-3,
den Rasen mäh', das Unkraut zieh',
und denk' nicht nach. Verbleib schön blöd, 1915
iß immer schön dein SMØREBRØD,
und so weiter und so fort,
düngen mußt du noch die Beete,
und dann - drauf geb' ich mein Wort -
steigt mit 80 noch 'ne Fete. 1920

FAUST Bewegen? Nein, das tut mir leid,
das ginge wirklich dann zu weit.
Ich tauge nicht als Gärtnersmann!

MEPHISTO Dann läßt du doch Hexe 'ran?

FAUST	Warum denn die? Die ist doch schäbbig!	1925
	Kannst du nicht selbst die Suppe kochen?	
MEPHISTO	Nun bleib' er bitte auf dem Teppich!	
	Ernähr' mich nur von China-Wochen.	
	Sie kocht seit Jahren! Ich sag': "Boah!	
	Sowas gibt es nicht von Knorr!"	1930
	Zum bösen Spiel 'ne gute Miene,	
	das ist die 50-Jahr-Terrine:	
	Nur die besten Sachen drin!	
	So ist's nun 'mal, mein lieber Faust,	
	zwar legte ich's Rezept hier hin,	1935
	doch probier' ich's selbst nicht aus.	
	(die Tiere erblickend)	
	Nein, wie putzig, nein, wie süß!	
	Die Olle die Viecher zu Hause ließ!	
	(zu den Tieren)	
	Ist die Alte nicht daheim?	
DIE TIERE	Leider nicht, nicht wirklich, nein.	1940
	Sie wird wohl noch beim Türken sein	
	und zieht sich dort 'nen Döner rein.	
MEPHISTO	Wann ist sie denn wohl zurück?	
DIE TIERE	Gleich oder später, vielleicht hast du Glück.	
MEPHISTO	*(zu FAUST)*	
	Was sagst nun du dazu, oh Mann?	1945
FAUST	Albern! Sind doch total hohl!	
MEPHISTO	Richtig, aber ich mag's wohl,	
	so zu reden, wenn ich kann.	
	(zu den Tieren)	
	Was macht ihr beiden da genau?	
	Was steht bei euch denn auf dem Herd?	1950
DIE TIERE	Streikverpflegung, ÖTV.	
FAUST	Was ein Scheiß! Die sind's nicht wert,	
	sich lang' mit ihnen abzugeben.	
MEPHISTO	Ich weiß gar nicht, was du hast.	
	Dummschwätzen macht auch 'mal Spaß,	1955
	nicht immer so gehaltvoll leben.	
DER KATER	*(kommt an und schleimt sich bei MEPHISTO ein)*	
	Zocken 'mal rasch?	
	Her mit der Asch'!	

Es sei dir beteuert:
Nix ist hier los, 1960
und hätte ich Moos,
wär' ich nicht bescheuert.

MEPHISTO Wie freute wohl dies kleine Tier sich
über 6 aus 49!

*(Indessen spielen die jungen Meerkätzchen mit
einer großen Kugel und pöhlen sie im Zimmer
herum.)*

DER KATER Um diese Welt 1965
ist's scheiße bestellt.
Sieht zwar gut aus,
doch nimmt man den Sinn raus
dann geht sie kaputt:
Es bleibt nur noch Schutt! 1970

MEPHISTO Was habt ihr hier für seltsam' Sachen?

DIE TIERE Tja, damit läßt sich einig's machen,
doch bitte setz' dich einmal eben,
und laß' den Faust doch grad' 'mal reden.

*(MEPHISTO setzt sich, einen Schneebesen in der
Hand.)*

FAUST Was sehen die entzündet Augen? 1975
Dieses Weib, da in dem Spiegel,
Concorde der Liebe - Was für. . . . Flügel!
Wow, die möcht' ich heut' noch saugen!
Doch geh' ich näher einmal 'ran,
und bleib' nicht steh'n auf diesem Fleck, 1980
dann ist plötzlich sie schon weg.
Diese geile Schnitte, Mann!
So schön, daß ich die Lippen leck'
und nichts and'res sehen kann,
als ihr wunderschönes Heck. 1985
Auf der Erde kann's das geben?

MEPHISTO Wenn Gott am siebten Tage ruht
und sagt: "So, nun ist alles gut!"
muß sowas Tolles wohl hier leben.
Komm, geil' dich nochmal dran auf! 1990
So eine kenn' ich, keine Frage.
Nimmst du die Folgen dann in Kauf,

gehört sie dir, wenn ich es sage.
(FAUST glotzt in den Spiegel, MEPHISTO spielt im
Sessel mit dem Schneebesen.)
(zu den Tieren)
Königsgleich, wie ich es liebe,
sitz' ich, hab' auch schon ein Zepter. 1995
(rasselt mit dem Schneebesen)
Kater! Ab nach hier und schlepp' er
die Krone her. Mir auf die Rübe!
(Die Tiere bringen die Krone.)

DIE TIERE Könntest du König
vielleicht ein wenig
die Krone hier weih'n? 2000
(Die Krone geht kaputt.)
Heil war sie nicht
passend für dich,
kaputt könnt' sie's sein.

FAUST *(gegen den Spiegel)*
Oh, Mann! Ich dreh' total am Rad!

MEPHISTO *(auf die Tiere zeigend)*
Ich selber auch! Wie wird mir nur? 2005

DIE TIERE Sieh dich nur satt!
Wer das geschrieben hat,
der leidet unter Wahnsinn pur.

FAUST *(wie oben)*
Mein Herz, das brennt, und mir wird heiß.
Laß uns abhau'n, Luzifer! 2010

MEPHISTO *(wie oben)*
Zumindest reden's keinen Scheiß,
sondern reimen ziemlich fair.
(Mit lautem Getöse und Flammen und Rauch aus
dem Kamin rauscht die HEXE ins Zimmer.)

HEXE Au! Mir brennt die Kiste mein!
Ich bring dich um, du blödes Schwein!
Verbrennst hier fast die Chefin dein! 2015
(MEPHISTO und FAUST erblickend)
Wer seid das, ihr?
Was macht ihr hier?
Ich kann das nicht leiden.

63

	Und tschüs, ihr beiden!

Und tschüs, ihr beiden!
*(schleudert Feuerkugeln in Richtung von
MEPHISTO und FAUST)*

MEPHISTO *(die Kugeln mit einer einfachen Handbewegung
zerschlagend)*
Ich klopp's kaputt! 2020
Da liegt der Schutt.
Wie sprichst du mit mir?
Maßest an dir
solchen Ton? Das ist nicht gut!
Sag' 'mal, kennst du mich nicht mehr? 2025
Vorm Meister müßtest du erröten.
Ansonsten ärgre ich mich sehr
und müßt' die Viecher und dich töten.
Kein Respekt mehr, Untertan?
Kriegst du das schon nicht mehr hin? 2030
Erkennst mich nicht in deinem Wahn?
Soll ICH dir sagen, wer ich bin?

HEXE Oh, ich buckle vor euch nieder.
Ihr seht gut aus, kenn' euch kaum wieder.
Kein Pferdefuß, kein Rabe mehr? 2035

MEPHISTO OK! Verziehen sei es noch einmal,
kenn' dich von anno dazumal:
Leipzig, einundleipzig, lang ist her.
Und der Mode - oft verhaßt -
hab' selbst ich mich angepaßt. 2040
Buffaloes und Fishbone-Jacke,
Mephisto haut schön auf die Kacke!
Was den Fuß angeht, nun ja,
der Klumpfuß war natürlich Käse;
drum hab ich schon so zwei, drei Jahr, 2045
eine schöne Beinprothese.
Ich konnte mich recht schnell gewöhnen
an die Schuhe ohne Stöhnen,
denn solche Kloben ohne Klagen
hab' ich doch jahrelang getragen. 2050

HEXE *(tanzt)*
Ich werd' bekloppt, aber es stimmt:
Der Satan für mich Zeit sich nimmt.

MEPHISTO	So werde ungern ich genannt!
HEXE	Wieso? "Satan" klingt doch gut.
MEPHISTO	So war vor langem ich bekannt. 2055
	Doch packt mich beinahe die Wut,
	denkt man in diesem, schnöden Land,
	ich sei NUR der. Nenn mich Baron!
	Und ich bin gentlemanlike.
	Ich bin aus altem Adel Sohn, 2060
	und meine Herkunft so bezeug!
	(macht eine unanständige Gebärde)
HEXE	*(lacht sich halbtot)*
	Haha, wie geil, ich lach mich scheckig!
	Dein Stil bewegte nicht vom Fleck sich!
MEPHISTO	*(zu FAUST)*
	So, merk' dir das, und sei nicht dumm!
	SO geht man mit Weibern um. 2065
HEXE	Und was wollt ihr beide hier?
MEPHISTO	Gib uns die Suppe da von dir!
	Und zwar vom besten, alte Kuh,
	je älter, je besser, weißt auch du.
HEXE	Na klar, aus dieser Kanne da 2070
	nehm' ich selber einen, ja,
	stinkt kaum noch wie feuchte Fürze.
	Hier, an der Seite, kann er lecken.
	(leise)
	Doch ist so stark der Suppe Würze,
	daß der Mann wohl wird verrecken. 2075
MEPHISTO	Der Mann hier bei uns in dem Keller
	ist ein Kollege, also rat' ich,
	sei zu ihm bitte recht artig
	und mach' ihm einen GUTEN Teller.
	(Die HEXE macht seltsame Verrenkungen, zieht einen Kreis auf den Boden und stellt allerlei Zeugs in diesen hinein; die Tiere machen währenddessen eine schaurige Musik auf den Haushaltsgegenständen. Dann müssen sie mit in den Kreis, um ein schweres Buch und zwei Lampen zu halten. Die HEXE winkt FAUST zu sich in den Kreis.)
FAUST	*(zu MEPHISTO)*

	Was soll der ganze Hokuspokus	2080
	und das Getanze um den Lokus?
	Soll's mich in einen Taumel reißen?
	Ich kann mich auch schön selbst bescheißen!
MEPHISTO	Faust, das ist nun einmal so!
	Auch ich find's - ehrlich gesagt - blöde,	2085
	doch 'ne Verjüngung ohne Show
	wär' doch irgendwie auch öde.

(MEPHISTO schubst FAUST in den Kreis.)

HEXE
Der Spruch, der hier wohl wirken muß
ist: HOKUS POKUS FIDIBUS !

FAUST
Die hat nicht alle auf der Lampe! 2090

MEPHISTO
Erhitzen muß sie erst die Pampe.
Und da sie keine Mikrowelle
hat, muß sie jetzt auf die Schnelle
irgendso'ne Scheiße labern,
derweil die Supp' beginnt zu wabern. 2095
Hör' nicht hin, das ist nur Mist,
der von Relevanz nicht ist.

HEXE
Blablabla, ich laber dumm,
damit ein wenig Zeit geht 'rum.

FAUST
Mann, geht das Ganze bald vorbei? 2100
Alles dreht sich. Meine Rübe
schmerzt als spräng' sie gleich entzwei.
Wo denn wohl nur das Ende bliebe?!

MEPHISTO
Das reicht jetzt wohl, Frau Biolek,
so aufgewärmt die Suppe schmeckt. 2105
Den Teller voll, jetzt sei nicht faul,
sonst verbrennt er sich das Maul!

*(Mit viel Brimborium schüttet sie HEXE etwas von
dem Gebräu in eine Schale; als FAUST den Löffel
an den Mund setzt, entsteht eine kleine Flamme.)*

Hey, was zittert deine Hand?
Pust' das Feuer einfach aus,
sonst hast die Lippe dir verbrannt. 2110

*(FAUST tut das und schiebt den Löffel in den
Mund.)*

Der erste Löffel! Interessant?
Und er verjüngt dich bald schon, Faust.

Ich hoffe, daß du's gut verdaust.
(Die HEXE löst den Kreis und FAUST tritt heraus)
Und raus, beweg' dich, junger Greis!

HEXE Wohl bekomm's! Auf Wiedersehen. 2115

MEPHISTO *(zu FAUST)*
Komm, das war's. Wir wollen gehen!
Was bist du im Gesicht so weiß?
Und schwitzen tust du wie ein Schwein.
Doch das muß jetzt auch so sein.
Bald geht's besser, du wirst sehen 2120
und spür'n vom Kopf bis zu den Zehen,
wie Eros Munition verballert.

FAUST Noch einmal in den Spiegel blicken!
Die Schnitte, die war supergeil!

MEPHISTO *(für sich)*
Immer noch total bekrallert. 2125
(zu FAUST)
Nein! Nein! Die schönste aller Zicken
zeigt sich dir in kurzer Weil!
(leise)
Und du siehst nach dieser Suppe
in JEDER eine Zuckerpuppe!

KIRCHPLATZ
FAUST, MARGARETE vorübergehend

FAUST Schöne Frau! Ich nehm's mir raus, 2130
und führ' Dich zu 'nem Drink jetzt aus.

MARGARETE Geiler Bock! Laß mich in Ruh!
Der mich ausführt, bist nicht Du. *(ab)*

FAUST Oh Gott, ist dieses Weibsbild schön!
Die Oberweite läßt sich seh'n, 2135
scheint antiquiert im Punkt Moral,
ein freches Mundwerk allemal.
Diese Backen! Dieser Mund!
Ich glaub', ich werd' zu keiner Stund'
diesen Anblick je vergessen. 2140
Auf diese Frau bin ich versessen!

(MEPHISTO tritt auf.)

FAUST	Mach, Teufel, daß die Frau mich liebt!
MEPHISTO	Wer?
FAUST	Die da!
MEPHISTO	Die dahinten steht?!

Die, damit Gott ihr vergibt,
fast täglich schon zum Beichtstuhl geht?   2145
Dabei ist sie total korrekt,
die weiße Weste unbefleckt,
die Seele rein. Böses? Mitnichten!
Als Teufel kann ich nichts verrichten.

FAUST
Doch reif ist dieses Mädchen schon!   2150

MEPHISTO
Aber Faust, mein lieber Sohn!
Mir scheint, du willst nur noch das Eine:
Jede Frau für dich alleine.
Statt vor Sehnsucht gleich zu sterben
solltest lieber um sie werben.   2155

FAUST
Laß mich mit so 'nem Scheiß in Ruh!
Kann ich die Frau heut' Nacht nicht haben,
mich in ihrem Schoß vergraben
und an ihrem Körper laben,
sind wir geschieden: Ich und Du!   2160

MEPHISTO
Denk' doch 'mal nach, hör auf zu spinnen!
Ich brauch' MEHR Zeit, sie zu gewinnen,
ohne meine teuflisch' Macht.

FAUST
Hätt' ich mehr Zeit als heute nacht,
müßte nicht der Teufel fliegen: 2165
Ich würd' allein ins Bett sie kriegen.

MEPHISTO
Du bist zu forsch, drum rat' ich dir
- doch schrei' nicht wieder gleich so 'rum:
Was nützt es: Gleich ins Bett und BUMM?
(macht eine eindeutige Geste)
Sehr viel Mühe! Spaß dafür?   2170
Wahre Lust wirst du besitzen,
wenn du durch geschicktes Schenken
ihren Blick kannst auf dich lenken,
schaffst, sie für dich zu erhitzen.

FAUST
Einfach SEX ist, was ich will!   2175

MEPHISTO
Ach Faust! Jetzt sei doch endlich still.

68

Bitte! Glaub' doch einfach mir:
Mit Hast erreichst du nichts bei ihr!
Das Ziel erreichen wir mit List.
Nur: Ob du einverstanden bist?   2180

FAUST *(sich zögerlich durchringend)*
Frauen steh'n auf Schmuck und Geld.
Beschaff' die Schätze dieser Welt!
Leg's unter's Kissen auf ihr Bett! -
Ein Kleidungsstück gern von ihr hätt'.
Ich bitte dich, dich zu beeilen: 2185
Ich brauch' es, um mich aufzugeilen.

MEPHISTO Ich zeige meinen guten Willen,
deine Sehnsucht jetzt zu stillen,
zeige, daß dein Freund ich bin,
und führ' dich heut' noch zu ihr hin.   2190

FAUST Dann kann ich heute noch sie f----n?

MEPHISTO NEIN! Du kannst nur um dich blicken
und in deinem Geiste malen,
wie du voller Lust und Qualen
dort mit diesem Weib verweilst   2195
und das Bettchen mit ihr teilst.

FAUST Was sind wir also dann noch hier?
Los, komm! Auf, auf! Und ab zu ihr!

MEPHISTO Zu früh! Sie ist doch noch zu Haus.
Doch solang hältst du's auch noch aus.   2200

FAUST Ja sicher! - Nein! - Äh, doch! - Vielleicht!
Weiß gar nicht mehr, was ich grad' denk'!
Besorge du nur ein Geschenk,
das ihre Schönheit unterstreicht. *(ab)*

MEPHISTO Ja, der Faust hat gut gelernt,   2205
wie man ein Mädchenherz erwärmt.
Ein Geschenk wird sie schon locken.
Ich geh ein wenig Schmuck abzocken. *(ab)*

ABEND
kleine, saubere Bude
MARGARETE

MARGARETE *(sich die Haare bürstend)*
Wenn ich doch nur wüßte, ja,
wer der Typ da draußen war.   2210
Der hat ganz schnieke ausgesehen,
und Geld hat der, um auszugehen.
Den Eindruck hat er gleich gemacht,
sonst hätt' er mich nicht angelacht! *(ab)*
(MEPHISTO und FAUST kommen herein.)

MEPHISTO   Tritt ein, Verliebter, komm herein!   2215

FAUST   Zisch ab, Teufel, laß mich allein!

MEPHISTO   *(sich umsehend)*
Solche Ordnung selten sah!
Alles sauber, rein und klar,
die Bücher ordentlichst sortiert,
Disketten alle numeriert,   2220
alles liegt millimetergenau.
'Ne wahrhaft ordentliche Frau!

FAUST   Ich sagte, Teufel: Du sollst geh'n!
Und muß mit meinen Augen seh'n,
wie du dem Pakt dich widersetzt,   2225
indem die Regel du verletzt,
die da heißt: Ich diene dir!
Was bist du, Satan, dann noch hier?

MEPHISTO   *(leise)*
Ich kenn' ein Sprichwort, das da heißt:
"Liebe verwirrt dem Mann sein'n Geist!"   2230
(MEPHISTO ab)

FAUST   *(sich umguckend)*
Ker', wie dunkel das hier ist!
Obwohl das mir hier gut gefällt.
Ach, du großer Liebesschmerz:
Ergreif Besitz von meinem Herz,
auch wenn, was dich am Leben hält,   2235
nur eine schwache Hoffnung ist.
Um mich herum ist alles still,

sauber und zufrieden doch,
reich da, wo Armut sein will.
Welch Seligkeit in diesem Loch! 2240
(schmeißt sich in einen Sessel)
Oh nimm mich auf, wie alle jene,
die sehr oft in dir gesessen
- manchmal wohl auch auf der Lehne.
Vielleicht saß, damals noch als Kind,
vorm Opa sie und lauschte dessen 2245
Geschichten, die - wie Opas sind -
er ihr an jedem Tag erzählt.
Jene, die ich mir erwählt
hat dann gehockt hier auf den Fliesen
und dem Opa Dank erwiesen, 2250
indem sie ihm in die Visage
drückte einen Kuß als Gage.
Ich fühle, Grete, Deine Macht
der Ordnung meine Sinne rauben,
die Dir täglich alles sagt, 2255
und von Dir Hausfrau'npflichten fragt:
Wischen, Bügeln und Entstauben.
Hand der Göttin, nein, noch schlimmer!
Eden wird durch Dich dies Zimmer.
Und hier!
(sieht das Bett)
      Es schüttelt mich vor Wonne! 2260
Hier blieb ich Stunden gerne mehr.
Natur! Hier machst du nebenher
den Engel, der fast gleicht der Sonne.
Hier lag sie nun und wärmt' das Kissen
mit ihren Kurven, zart und rein, 2265
die von der Decke leicht umrissen:
Sie muß eine Göttin sein!

Und Du, Faust? Warum bist Du hier?
So komisch anders wird nun dir.
Als ob's im Herzen Dir nun stäche. 2270
Faust, jetzt führst du Selbstgespräche!

71

Dieser Geruch, ist das Magie?
Genießen will ich jetzt das Leben,
mich der Phantasie hingeben!
"Spielt mit uns die Luft?" frag' i.   2275

Und käme sie zur Türe rein,
wie würdest du vor Scham vergeh'n!
Er fühlt' sich wie 'ne Laus so klein,
der große Kerl, könnt' nicht mehr steh'n.

MEPHISTO   *(kommt zurück)*
            Schnell, schnell, sie kommt nach Haus zurück!   2280
FAUST   Weg! Weg! Hier will ich nie mehr hin!
MEPHISTO   Hier ist 'ne Kiste, manches drin.
            Sie stand so 'rum, zu unserm Glück.
            Stell' sie in den Wäscheschrank.
            Es haut, ich schwör, sie aus den Socken.   2285
            Das hier drin ist, mir sei Dank,
            gut, um jedes Weib zu locken.
FAUST   Soll ich wirklich?
MEPHISTO   Bist du blöd?
            Mach 'mal flott, sonst ist's zu spät!
            Willst du den Schatz etwa für dich?   2290
            Sicher, klar: Du kannst ihn kriegen.
            Doch willst du nicht auch bei ihr liegen?
            DAS machst du dann ohne mich!
            (stellt es in den Schrank)
            Doch jetzt weg, und das recht schnell!
            Dein Wunsch, oh Faust, sei mir Befehl,   2295
            daß Grete dich nur recht bald liebe.
            Der Schmuck beschleunigt ihre Triebe.
            Und du stehst hier und guckst so dumm
            wie Profs vor ihrem Publikum.
            Als würd' dir selber widerfahren   2300
            der dröge Stoff von 1000 Jahren.
            Und weg! *(ab)*
            *(MARGARETE betritt das Zimmer und schaltet das
            Licht an.)*
MARGARETE   Ist hier ein Muffes drin!

(öffnet das Fenster, fühlt an der Heizung)
Dabei war doch die Heizung aus.
Auch draußen kalt! Mir sagt mein Sinn:
Etwas stimmt hier nicht im Haus! 2305
Dabei: Was soll hier denn nicht stimmen?
Grete, du Memme, hör auf zu spinnen!
(singt, während sie sich auszieht)

Der König von Thule, der war schon saudumm,
soff monatelang nur Schnaps, Bier und Rum
aus einem Becher, er war aus Gold. 2310
Seine Leber verreckte. Er hat's so gewollt.

Bald starb auch der Rest des Königs geschwind,
vererbte alle Schätze dem Kind,
schmiß nur den Becher am Meer in die Flut.
Wollt' nichts mehr saufen; fand's deshalb gut. 2315

(Sie öffnet den Kleiderschrank, um ihre Sachen aufzuhängen.)
Was ist DAS? Ich krieg' 'nen Schreck!
Geht meine Mutter an den Schrank?
Benutzt ihn etwa als Versteck?
Tja, selber schuld: Ich sage Dank.
Da es liegt in MEINEM Zimmer, 2320
gehört's auch MIR und das für immer!
Nein, Margarete! Die Erziehung war gut!
Behielt' ich's für mich, empfänd' ich nur Wut
auf mich selbst, weil ich mich bereichert.
Ehrlichkeit das Leben nicht erleichtert. 2325
Ehrlichkeit hin - Ehrlichkeit her:
Ich laß' es mir aber nicht nehmen
- der Schlüssel lockt dazu zu sehr -
mir den Inhalt anzusehen.
(öffnet das Kästchen)
Boah Alter! Wat?! So viele Steine! 2330
Ach, wären die doch alle meine!
Soviel Schmuck, ach wär's mein Eigen!
(legt den Schmuck an)

So könnte ich mich auch 'mal zeigen.
Egal, wie schön man nämlich ist,
die Klunker zeigen, wer du bist.   2335
Schönheit allein kannst du vergessen.
Nur Geld und Gold,
das ist gewollt.
Darauf ist man, ach, versessen.

SPAZIERGANG
FAUST hin- und hergehend
zu ihm MEPHISTO

MEPHISTO	Scheiße! Pisse! Heil'ger Eunuch!

MEPHISTO — Scheiße! Pisse! Heil'ger Eunuch!   2340
Und das ist noch ein schwacher Fluch!
FAUST — Was gibt es denn so zu krakeelen?
MEPHISTO — Für wen mußt' ich die Kiste stehlen?
FAUST — Für Grete doch, die schöne Braut!
MEPHISTO — *(nickend)*
Für sie und dich hab' ich geklaut.   2345
Und weißt du, was ich grad' gehört,
weshalb ich jetzt auch so verstört?!
Gretchen, beß'res nicht im Sinn,
läuft mit dem Schmuck zur Mutter hin.
"Mami, tat'st du's in meinen Schrank?"   2350
Wie die Ohrringe funkeln blank,
das haut die Mami von den Socken,
doch nicht vor Freud': Die war erschrocken.
Und als sie saß auf allen Vieren,
beguckt den Schmuck sie 'mal genauer,   2355
und wieder dieser kalte Schauer:
Es war vom Teufel! Klar zu spüren.
"Hat ein Mann dir das gebracht?"
Die Mutter dacht': "Ich glaub's zwar nicht,
vielleicht stimmt's doch und ich irre mich.   2360
Das wär' zwar auch nicht grade gut,
doch besser als von Satans Brut!"
Doch Grete hat nur laut gelacht.
"Ein Mann, der dafür Geld besitzt,

nimmt von mir doch kaum Notiz. 2365
And'res scheint mir sehr viel schlimmer:
Wie kommt man bei mir ins Zimmer,
ohne daß wir das bemerken?"
Das schien Mami zu bestärken,
daß ich von der Partie sein mußte. 2370
Dabei hilft nur, wie sie wußte,
die heilige Kirche durch Ablaß, nein: "Segen"
- gegen entsprechendes Geld für den Aufwand,
versteht sich - als gierig schon längst bekannt.
Was arme Leut' ins Körbchen legen 2375
als Kollekte, vom Mund abgespart,
reicht noch nicht für freie Fahrt
in den Himmel. Man muß alles
ihr schon geben, keines Falles
nach Zufriedenheit hier streben. 2380
Nein, nur für die Kirche leben!
Danach hat ganz ungeziert
der Pope alles konfisziert.
Grete konnte nur noch denken:
"Warum ist's gottlos, Schmuck zu verschenken?" 2385
Statt dessen wird er Marien geweiht;
im Geiste grinst der Pfaffe breit,
denkt an sein Konto: mehr Soll als Haben.
"Maria bekommt schon genügend Gaben!"
Der Schmuck verschwand, und ich glaub' nicht, 2390
er sieht je wieder's Tageslicht.
Es sei denn, unter der Bar bei Nacht
hat er ihn schon zu Geld gemacht.

FAUST Was ist besonders an dem Falle?
Kriegen, was geht! Das machen doch alle! 2395

MEPHISTO Kaum hat die Kirche Gold geschmeckt
wird einfach alles eingesteckt.
Sie sagt auch noch: "Das muß so sein!
Im Himmel wird es Gott euch lohnen,
seid ihr krepiert, dürft ihr dort wohnen." 2400
Die Menschen freu'n sich, fall'n drauf rein.

FAUST Hat sie sich damit abgefunden?

MEPHISTO Sie ärgert, daß der Schmuck verschwunden.

| | Sie hätt' ihn doch so gern getragen | |
| | und wird sich wohl noch ewig fragen, | 2405 |

Sie hätt' ihn doch so gern getragen
und wird sich wohl noch ewig fragen, 2405
warum zur Mami sie gelaufen.
Sie könnte sich die Haare raufen!
Auch fragt sie sich, wer ihr's gebracht.
"Mich schaut keiner an!", war nur so gesagt.
Sie weiß, die Mutter hat sonst Sorge, 2410
sie zu verlieren. "Vielleicht schon morgen!"
Sie weiß auch, daß, wenn sie nett lacht,
sie grad' auf Reiche Eindruck macht,
der die bewegt, alles zu tun,
um 'mal an ihrer Brust zu ruh'n. 2415

FAUST   Denkt sie auch 'mal, ICH sei's gewesen?

MEPHISTO   Ich dachte, du seist von der Liebe genesen.

FAUST   Ich meinte doch nur: Nie mehr in ihr Zimmer!

MEPHISTO   Und ich dachte schon, du meintest für immer.

FAUST   Besorg' 'ne zweite Kiste! Flott! 2420
Für Grete! Diesmal nicht für Gott!

MEPHISTO   Als wäre das so ein Kinderspiel!
Alarmsystem ist nicht mein Stil.

FAUST   Hör auf zu quengeln, und mach hin!
Daß ich recht bald zufrieden bin! 2425
Und schau, was sich noch tun läßt
via die Frau Nachbarin.
Gretchen geht dort häufig hin,
die Beziehung scheint recht fest.
Ein bißchen plötzlich, wir haben kaum Zeit! 2430

MEPHISTO   Immer zu Diensten! Bin schon bereit!
(FAUST ab)
Ich verfluche den Satz: Dein Diener bin ich!
Er nutzt es aus. Jetzt hetzt er mich
von dort nach hier, von hier nach dort,
vom einen zu dem anderen Ort. 2435
Verliebter Menschen Quengeleien:
Kaum etwas kann noch schlimmer sein.
Sie gäben der geliebten Frau
die ganze Welt, als wär's für lau.
Und sollten sie merken, die sind nicht zu kaufen 2440
- kommt wahrlich nicht sehr häufig vor -

werden sie abgrundtief sich besaufen
und fühl'n sich nur dreckiger als zuvor. *(ab)*

DER NACHBARIN IHR HAUS
MARTHE alleine

MARTHE Der Herr vergebe meinem Gatten,
daß nie zusammen wir 'was taten,   2445
und, was er täglich tat und tut,
ist für mich sicherlich nicht gut.
Muß in die weite Welt reinrennen,
und ich muß hier alleine pennen.
Ich hab ihn immer gut behandelt,   2450
stets geliebt und nie verschandelt.
(weint)
Vielleicht ist er gar tot - ach Scheiß!
Warum ich nichts Genaues weiß?!
(MARGARETE kommt herein.)

MARGARETE Frau Marthe!

MARTHE   Gretchen, was ist los?

MARGARETE Fast werden mir die Knie weich,   2455
wer mich beschenkt hat, der scheint reich.
In meinem Schrank - so riesengroß -
stand heute Kiste Nummer zwei.
Noch viel mehr Schmuck war heut' dabei!

MARTHE Sag das bloß nicht deiner Mutter,   2460
sonst wird's wieder Pfaffenfutter.

MARGARETE *(den Schmuck anlegend)*
Ach Marthe, guck 'mal, Marthe, schau!

MARTHE Ach, bist du eine schöne Frau.

MARGARETE Der Schmuck muß wohl zuhaus verstauben;
ich kann mir leider nicht erlauben,   2465
auf die Straße so zu gehen.
Was, wenn mich Verwandte sehen?!

MARTHE Komm du nur öfter bei mich bei
und häng' dir hier die Klunker um!
Rennst an dem Spiegel du vorbei   2470
freu'n wir uns den Buckel krumm.

77

	Und auf der nächsten Party dann,
	wenn man sich sehen lassen kann,
	erst die Uhr, im Ohr ein Stein,
	die Mutter legen wir schon rein.	2475
MARGARETE	Wer bringt mir denn zwei fette Kisten?
	Will mich hier jemand überlisten?
	(Es schellt.)
	Mist, sucht Mami wohl nach mir?!
MARTHE	Ist nur ein Fremder. Auf die Tür!
	(MEPHISTO tritt ein.)
MEPHISTO	Ich komm' hier einfach reingeschneit.	2480
	Sorry Mädels, tut mir leid.
	Wer ist hier Marthe Schwerdtlein bloß?
MARTHE	Ich bin's, Meister. Was ist los?
MEPHISTO	Jetzt kenn' ich Euch, ist schon OK.
	Doch eine Dame bei Euch seh'.	2485
	Drum will ich jetzt nicht weiter stören,
	und später noch 'mal wiederkehren.
MARTHE	Grete, hast du das gehört?
	Der Meister denkt, du bist was wert.
MARGARETE	Das zu unrecht, ganz gewiß,	2490
	denn was Sie seh'n, ist nur Beschiß.
	Es ist nicht meins, was ich hier trage.
MEPHISTO	Nicht nur am Schmuck liegt, was ich sage.
	Ihr habt so 'nen gewissen Blick.
	Ich darf bleiben? Welch ein Glück.	2495
MARTHE	Was wollt Ihr denn? Ich würd's gern wissen.
MEPHISTO	Meine Nachricht ist beschissen.
	Ich selber kann gar nichts dafür,
	drum hoff' ich, Sie verzeihen mir:
	Ich grüße schön von Ihrem Mann,	2500
	weil er es selber nicht mehr kann.
	Kurz und gut: Er ist verreckt.
MARTHE	Tot? Mein Mann? Was für ein Schreck!
	Diese Nachricht ist so kraß, da
	krieg' ich fast einen Herzkasper!	2505
MARGARETE	Doch nicht jetzt! Und auch nicht hier!
MEPHISTO	So erzähl' ich die Geschichte: Ihr...
MARGARETE	Passierte mir sowas im Leben,

	würd' ich mir die Kugel geben.	
MEPHISTO	Es wiegt das Leid die Freude auf.	2510
MARTHE	Nun sagt doch schon! Wo ging er drauf?	
MEPHISTO	Nun, als er dann abgekackt,	
	hab'n wir ihn uns gleich gepackt,	
	ihn nach Padua gekarrt	
	und bei Antonius verscharrt.	2515
MARTHE	Habt Ihr sonst noch 'was für mich?	
MEPHISTO	Eine Bitte, sicherlich:	
	Gleich beim Pfarrbüro zu schellen	
	und 1000 Messen zu bestellen.	
	Ansonsten hab' ich nichts für Sie.	2520
MARTHE	Nichts?! Ach was, das glaub' ich nie!	
	Keine Vorkehrung getroffen,	
	für den Fall, daß was passiert?	
	Hat er das ganze Geld versoffen,	
	völlig frei und ungeniert?	2525
MEPHISTO	Versoffen hat es nicht Ihr Mann.	
	Doch ist trotz alledem nichts da.	
	Man sah ihm bis zum Ende an,	
	daß ihm das schrecklich peinlich war.	
MARGARETE	Das ist natürlich fürchterlich,	2530
	ich werde häufig für ihn beten.	
MEPHISTO	Mein schönes Kind, wollt Ihr denn nicht	
	in den Stand der Ehe treten?	
MARGARETE	Ach nee, dafür bin ich zu jung.	
MEPHISTO	Es könnt' auch nur ein Lover sein.	2535
	Derjenige, der Euch kriegt 'rum,	
	könnte sich des Lebens freu'n.	
MARGARETE	Mein Herr, das ist nicht Uso so.	
MEPHISTO	Ist Ouzo nicht so ein Getränk?	
	Oder...	
MARTHE	Erzählen wolltet Ihr, ich denk?!	2540
MEPHISTO	Ach ja! Also: Auf faulem Stroh	
	sah ich ihn so sterbend liegen.	
	Er wollt' wohl noch den Ablaß kriegen,	
	auf jeden Fall sagte er da:	
	"Ich ek'le mich vor mir selber schon.	2545
	Verließ Frau, Kind, nein, welch ein Hohn!	

Ich liebe sie doch, meine Ma..."
Und dann schied er aus der Welt.

MARTHE   *(weinend)*
Fast hätt' ich zu schnell das Urteil gefällt.

MEPHISTO   Er sagte noch: "Schuld ist die Marthe!"   2550

MARTHE   Nicht nur ich! Mein Mann, na warte. . .

MEPHISTO   Er redete wohl kurz vor Schluß
nur noch irgendeinen Stuß:
"Es reicht nicht, daß man in der Nacht
fleißig ist und Kinder macht;   2555
man muß, das darf man nicht vergessen,
bei Tage schuften für ihr Essen."

MARTHE   Vergaß er denn die große Treue
und Liebe, die ich ihm geschenkt?

MEPHISTO   Nicht, daß Ihr jetzt Falsches denkt!   2560
Ich hoff', ich krieg' es auf die Reihe:
Für Frau und Kind betete er
um Hilfe noch bevor er fuhr.
Es half ihm auch sodann der Herr,
und ein Schiff kreuzte die Spur,   2565
das vollbeladen war mit Gold.
Er bekam, was er gewollt.

MARTHE   Und jetzt gibt es in der Schweiz
ein Nummernkonto, und ich weiß
nur nichts davon?

MEPHISTO   Kriegt keinen Schreck.   2570
Ihr ahnt es schon: Es ist schon weg.
Als er in Neapel war,
war plötzlich auch ein Fräulein da,
das sich rührend um ihn sorgte,
und dafür das Gold sich "borgte"...   2575

MARTHE   Der Arsch! Der alte Hurensohn!
Konnte niemals an sich halten!

MEPHISTO   Tja, das hat er jetzt davon!
Jetzt ist er tot, darf nur noch falten
brav die Hände und auf leisen   2580
Lauten seinen Herren preisen.
Und Ihr seid frei und ungebunden.
Habt Ihr die Trauer überwunden,

	nehmt Ihr Euch 'nen neuen Mann.
	Schaut Euch die Kerle jetzt schon an! 2585
MARTHE	Mein erster Mann, der war so toll!
	Von solchem gibt es keinen Zweiten.
	Er konnt' mir so schön Spaß bereiten.
	Leider war er immer voll,
	war dort, wo stets die Weiber locken, 2590
	und mit Freunden Karten zocken.
MEPHISTO	Sicher mußtet Ihr Abstriche machen,
	doch wohl auch er bei manchen Sachen.
	Wer muß das nicht bei einer Frau?
	Euch zu nehmen, ICH mich trau'. 2595
MARTHE	In echt?
MEPHISTO	*(für sich)*
	Ich hau' dann ab, ganz schnelle.
	Sie traut sogar dem Sohn der Hölle!
	(zu MARGARETE)
	Wie sieht bei EUCH die Sache aus?
MARGARETE	Welche Sache?
MEPHISTO	*(für sich)*
	Gutes Mädel.
	(laut)
	Liebe Frau'n, ich bin dann raus! 2600
	(geht zur Tür)
MARGARETE	Tschüs!
MARTHE	Ach, bitte seid so edel,
	und besorgt einen Beweis
	- auf so was bin ich ziemlich heiß -
	für den Tod des Ehegatten.
	Dann setz' ich nämlich meinem Schatz 2605
	'ne große Anzeige in die WAZ.
MEPHISTO	Einen Kerl wir dabei hatten,
	der auch geseh'n, was ich gesagt.
	Der wird von mir sofort befragt,
	ob er's bezeugt.
MARTHE	Seid doch so nett! 2610
MEPHISTO	Euch, Fräulein gern ich dabei hätt'.
	Der Kerl ist ein ganz netter Typ,
	und der hat solche Mädels lieb.

MARGARETE	Vor Scham und Schüchternheit errötʼ ich.
MEPHISTO	Das ist überhaupt nicht nötig. 2615
MARTHE	Wir zwei beiden werden warten
	auf die Herrʼn in unserm Garten.

STRASSE
FAUST, MEPHISTO

FAUST	Und? Wie stehtʼs? Was ist erreicht?
MEPHISTO	Oh? So heiß? Na, das ist gut.
	Bis hier strahlt deines Herzens Glut. 2620
	Sie ist bald dein, es war recht leicht,
	denn wir haben die Trumpfkarte:
	Ihre Nachbarin, Frau Marthe.
FAUST	OK!
MEPHISTO	Doch nicht so ganz für lau.
FAUST	Das macht doch nichts, mein Freund. Genau! 2625
MEPHISTO	Und zwar bezeugen wir zwei beiden,
	daß ihr Gatte tat hinscheiden
	und nun ruht in Padua.
FAUST	Geschickt! Wann geht der nächste Flieger!
MEPHISTO	Nein, wir bleiben da, du A... 2630
	und sagen einfach so: Da liegt er!
FAUST	Das reißt unsre Pläne nieder!
MEPHISTO	Das kann nicht sein! Hey, Augenblick!
	Ist dir klar, was du da sagst?
	Soll das heißen, daß du wagst 2635
	nie zu lügen, nie zu schummeln?
	Und was ist bitte in Physik?
	Da MUß man am Ergebnis fummeln,
	daß es paßt, was da kommt raus!
	Genauso hier! Wir gehʼn zum Haus 2640
	und sagen: "Liebe Marthemaus,
	mit deinem Mann istʼs leider aus!"
FAUST	Ich weiß nicht, Mann, man darf nicht lügen!
MEPHISTO	Du willst doch morgen bei ihr liegen?
FAUST	Klar!

MEPHISTO   Na, siehste! Also dann!   2645
Und geführet von der Liebe
- gewiß ja auch von deinem Triebe -
lügen wir, und du darfst ran!

FAUST   Es ist nicht nur der Trieb, der treibt.
Was da brennt in meiner Brust,   2650
ist nicht nur der Lenden Lust;
ein Feuer ist's, das ewig bleibt.

MEPHISTO   Und trotzdem lügen!

FAUST   Gut, OK.
Es sieht so aus, als ob ich muß.
Und wie ich diese Sache seh,   2655
fasse ich nun den Beschluß:
Wir geh'n zu Marthe. Nur so geht et.
Teufel! Hast mich überredet!

GARTEN
MARGARETE an FAUSTs Arm,
MARTHE an MEPHISTOs Arm

MARGARETE   Dieser ehrenwerte Herr
nimmt mich für sein Gespräch nur her   2660
aus purem Mitleid mit mir, Gretchen.
Ich bin doch nur ein einfach Mädchen,
das mit 'nem weltgereisten Mann
doch gar nicht richtig reden kann.

FAUST   Laber' nicht, Du reichst mir schon.   2665
Bin ich bei Dir, reicht DAS als Lohn.
(küßt ihre Hand)

MARGARETE   Was küßt Ihr diese rauhe Flosse?
Mann, das ist ja EKELHAFT!
Auf ihr 'ne Eiterwunde klafft.
Daß Ihm bloß nicht der Herpes sprosse!   2670
Ich hab heut schon zuviel geschafft.
(gehen vorüber)

MARTHE   Und Ihr seid so ein Globetrotter?

MEPHISTO   Tja, das Geschäft! Das ist halt so.
Mal geht's langsam, 'mal geht's flotter,

	'mal flüssig durch, 'mal STOP & GO.	2675
MARTHE	Als Junggesell' mag so ein Leben	
	wohl keine Probleme geben.	
	Doch kommt er ewig nicht zum Zuge	
	und hat das Weib zu lang gescheut,	
	wird DAS spätestens bereut,	2680
	wenn er selbst muß in die Grube.	
MEPHISTO	Ach so! Genau! Da habt Ihr recht!	
MARTHE	Beeilt Euch, Herr, sonst geht's Euch schlecht!	
	(gehen vorüber)	
MARGARETE	Nur, weil Ihr grad' alleine seid,	
	bin ich Euch heute gut genug.	2685
	Doch vergeßt Ihr mich im Flug,	
	verbringt Ihr wieder Eure Zeit	
	mit Freunden, die viel schlauer sind	
	als ich armes, dummes Kind.	
FAUST	Du Gute! Sie machten ihr Abitur	2690
	mit Eins-Komma-Vier, doch zeigt das nur,	
	daß sie beim Lernen manches schaffen,	
	Vom Leben tun sie gar nichts raffen.	
MARGARETE	Jetzt echt?!	
FAUST	Du bist ja so bescheiden.	
	Gerade das kann ich gut leiden:	2695
	Eine hübsche Frau wie Dich,	
	so selbstlos und so demütig.	
MARGARETE	Ihr denkt an mich nur kurze Zeit.	
	Ich denk' an Euch wohl alle Tage.	
FAUST	Verzeiht mir, wenn ich jetzt so frage:	2700
	Wenn Ihr dann so alle Tage	
	ins Denken tief versunken seid:	
	Wer macht denn dann die Hausarbeit?	
MARGARETE	Natürlich ich, ach, welche Plage!	
	Steh' ständig unter Mamis Zwang.	2705
	Zu liegen ihr nicht auf der Tasche,	
	jobb' ich im Chinarestaurant,	
	obwohl wir ham die nöt'ge Asche,	
	Denn als mein Vater just tat sterben,	
	konnten wir 'ne Menge erben.	2710
	Das Häuschen hier und eins am See,	

und auch den alten Chevrolet,
mit dem ich durch die Gassen heiz,
dazu ein Konto in der Schweiz.
Und trotzdem ham wir keine Putze. 2715
Das heißt dann: ICH muß alles machen!
Waschen, bügeln uns're Sachen,
putz' die Fenster und benutze
den Staubsauger in jedem Zimmer.
Und auch kochen muß ich immer, 2720
einkaufen bei Plus und Aldi,
Gassi gehn mit unserm Waldi,
das heißt: Ihn in den Garten tragen;
denn selber laufen ist nicht mehr,
dazu leidet er zu sehr. 2725
Weiters wasch ich unsern Wagen.
Kelleraußentreppe wischen,
um drei Kaffee, Gebäck auftischen,
Strümpfe stopfen, stricken, nähen,
Unkraut zupfen, Rasen mähen, 2730
Beete harken, Blumen hegen,
jeden Tag die Straße fegen.
Bei alldem bin ich oft allein,
denn auch der liebe Bruder mein
kann mir keine Hilfe sein. 2735
Valentin, der arme Hund,
läßt sich schinden jetzt beim Bund.

FAUST   Und sonst bist Du allein zu Haus?

MARGARETE   Nun, da war 'mal eine Schwester,
geboren kurz nach Vaters Tod, 2740
die Babyhaut noch rosarot.
Je älter sie wurde, ich hielt sie fester,
denn unsre Mutter konnt's nicht mehr:
Die Geburt war derart schwer.

FAUST   So wurdest Du zu ihrer Mutter? 2745

MARGARETE   Ja, ich reicht' ihr täglich 's Futter,
hab' mit ihr viel Zeit verbracht,
war für sie da bei Tag und Nacht.
Einfach war die Arbeit nie,
doch tat ich ziemlich gerne sie, 2750

85

	und würd' sie tun sofort nochmal,	
	nähm' gerne auf mich diese Qual.	
	(gehen vorüber)	
MARTHE	Wir Frauen sind doch arme Schweine,	
	woll'n wir was von Euch Junggesellen.	
MEPHISTO	Jetzt ist es an Euch alleine,	2755
	das auf die Probe 'mal zu stellen.	
MARTHE	Wenn Ihr meint, na gut, dann red' ich:	
	Seid Ihr eigentlich noch ledig?	
MEPHISTO	Es bügelt eine Frau im Haus	
	manche Sachen wieder aus.	2760
	Sie kann dir auch zuhaus beim Putzen,	
	mehr wie 1000 Perlen nutzen.	
	Sie arbeitet von früh bis spät:	
	Erst am Herd und dann im Bett.	
MARTHE	Ich meine: Habt Ihr nie so RICHTIG….	2765
MEPHISTO	Doch, schon oft, war schön gewesen.	
MARTHE	War EINE nie Euch richtig wichtig?	
MEPHISTO	"Alles ist wichtig!" hab' ich 'mal gelesen.	
MARTHE	Ach, Ihr wollt mich nicht verstehen!	
MEPHISTO	Tja, so kann es manchmal gehen.	2770
	(gehen vorüber)	
FAUST	Habt Ihr mich denn gleich erkannt,	
	als ich kam grade angerannt?	
MARGARETE	Na klar! Und hab mich gleich geschämt.	
FAUST	Das heißt also, du bist gezähmt,	
	und nicht so rabiat wie jüngst,	2775
	als Du aus der Kirche gingst?	
	Jene Anmachmasche mein	
	war recht plump, Du mußt verzeih'n.	
MARGARETE	Das, was mich damals so verstörte:	
	Es war die erste, die ich hörte.	2780
	Schamrot verfärbt' sich meine Birne.	
	Sollt' ich gar den Anschein haben,	
	ich wäre eine alte Dirne,	
	an der ein jeder sich kann laben?!	
	Drum war ich kurz angebunden.	2785
	Doch dies' Gefühl ist längst verschwunden.	
	Ich wußte nicht, was da anfing,	

als ich aus der Kirche ging.

FAUST Süßes Kind!

MARGARETE Moment!
(pflückt eine Blume, reißt die Blätter einzeln ab)

FAUST Was soll denn das?

MARGARETE Nur so!

FAUST Ach so!

MARGARETE Es ist nur Spaß. 2790
(reißt weiter Blätter ab und murmelt dabei)

FAUST Wie bitte?

MARGARETE *(lauter)* ... - liebt mich - liebt mich nicht - ...

FAUST Mein Gott!

MARGARETE ... - liebt mich - nicht - doch - nicht -
(reißt das letzte Blatt ab und freut sich riesig)
liebt mich!

FAUST Jawohl, und was die Blumen
hier verkünden, das bewirkt,
daß ich zu reimen glatt vergesse! 2795
Er liebt dich! Stimmt! Er liebt dich!
(faßt ihre Hände)

MARGARETE Mir wird schlecht!

FAUST Jetzt kotze nicht! Und sieh mich an!
Fühle meinen Händedruck!
Und spür', was keiner sagen kann! 2800
(überlegt; kurze Pause)
Äh,... ja, wirklich KEINER kann es.
Ewig soll es jedenfalls dauern.
Ohne Ende! Ohne Ende!
*(Sie drückt seine Hände, rennt dann weg. Er steht
einen Moment vertrottelt da und rennt dann hinter-
her. MARTHE kommt.)*

MARTHE Es ist schon spät.

MEPHISTO Ich glaub', wir müssen.

MARTHE Und würd' ich es nicht besser wissen, 2805
würd' ich sagen: Bleibt noch hier.
Die Nachbarn können, sag' ich Dir...
ach IHNEN, kaum noch and'res tun,
als Gaffen und zu spionieren.
Du kannst hier Tag und Nacht nicht ruhn, 2810

ohne daß sie auf dich stieren.
Und der Tratsch geht sofort los!
Wo sind die zwei?

MEPHISTO   Ich glaub in die
Richtung da.

MARTHE   Er steht auf sie.

MEPHISTO   Und sie auf ihn. So ist das bloß.   2815
So kann's mit der Liebe sein.
(für sich)
Und alles dank der Mühen mein.

VOR DER GARTENLAUBE
MARGARETE, FAUST
später MEPHISTO, MARTHE

*(MARGARETE kommt angelaufen, schöpft kurz
Atem. FAUST kommt hinterher und fängt sie, was
sie geschehen läßt. Ein kurzer atemloser Kuß.
MARGARETE zieht FAUST mit sich in die Laube.
MEPHISTO kommt und setzt sich auf eine Bank
neben der Laube, pfeift vor sich hin. In der Laube
stürzt etwas um. MEPHISTO grinst, klopft gegen
die Tür.)*

MEPHISTO   So! Zeit zu gehen!
(keine Antwort)
Nichts hören und nichts sehen
will er mehr.   2820
Nur Grete interessiert ihn sehr.
(zuckt die Achseln, setzt sich wieder)

MARTHE   *(kommt hinzu)*
Habt Ihr die beiden nicht gefunden?

MEPHISTO   Doch, die sind da beide drin.

MARTHE   Und was machen die?

MEPHISTO   Ich bin
nicht Gott - nein, nein! Doch viele Stunden   2825
werden die sich nicht mehr sehen.
Die kurze Zeit nur, die man hat,
muß man nutzen. Ihr versteht?

MARTHE   Aber - daß es SO weit geht?

MEPHISTO	Aber, gute Frau, ach wat:	2830
	Dafür reicht die Zeit doch nie!	
	Ein bißchen Küssen, Hand auf's Knie,	
	mehr nicht.	
MARTHE	Ach so, na dann, OK.	
MARGARETE	*(öffnet die Tür, und späht hindurch, kann aber*	
	MEPHISTO und MARTHE nicht sehen, die jetzt	
	hinter der Tür stehen)	
	Keiner da! Heinrich, ich geh',	
	damit bloß keiner etwas merkt,	2835
	alleine vor.	
	(Sie rennt aus der Laube und weg. Jetzt tritt auch	
	FAUST heraus.)	
MEPHISTO	Na, Faust, gestärkt?	
	Du alter...	
	(sieht MARTHE)	
	...oh, Entschuldigung.	
MARTHE	*(die Achseln zuckend)*	
	Wer will bei seiner Huldigung	
	der Liebe sich bespitzelt sehen?	
FAUST	Noch von dem Teufel in Person! *(ab)*	2840
MARTHE	Nicht gerad' der schönste Ton,	
	in dem Ihr Freund mit Ihnen redet.	
MEPHISTO	Solang nur Ihr das hört, dann geht et.	
	(für sich)	
	Denn Ihr könnt scheinbar nicht verstehen,	
	was das eigentlich bedeutet.	2845
MARTHE	Danke. Schön war's wirklich heute.	
	Ich hoffe doch: Auf Wiedersehen?	
MEPHISTO	Klar, 'mal gucken, wird schon gehen.	
	(MARTHE ab)	
	Marthe ist dumm. Grete ist schön.	
	Faust ist heiß. Das wird schon geh'n. *(ab)*	2850

WALD UND HÖHLE
FAUST

FAUST
Du, hoher Geist, hast mir gegeben,
was wichtig scheint in meinem Leben.
In dieser herrlichen Natur
verspür' ich schöne Freude pur.
Ich darf sie nicht nur stumm betrachten,   2855
ich darf sie vielmehr auch verspüren.
Wenn hier die Urgewalten rühren,
darf ich diese Höhle pachten,
und schaue staunend das Spektakel,
wenn der Sturm mit seiner Kraft   2860
die Bäume - ohne Fehl und Makel -
krachend auf den Boden rafft.

Ich nahe mich den Göttern schnelle,
wenn ich mich der Natur erfreue.
Und jener wertvolle Geselle,   2865
den ich dennoch fast noch scheue,
trägt das Seine dazu bei,
daß ich zwischen meiner Lust
und dem Genusse taumeln muß.
(MEPHISTO tritt auf.)

MEPHISTO
Faust, wie schaut's, ist's bald vorbei?   2870
Ich kann dich wirklich nicht verstehen.
Es kann dir doch nicht eine Sache
wirklich so lang Freude machen.
Man muß zu Neuem weitergehen.

FAUST
Hast du nichts anderes zu tun,   2875
als mir auf den Sack zu gehen?

MEPHISTO
Beliebt's dem Herrn, ich solle ruh'n?
Ich bin dein Diener, kann nicht sehen,
ob du mich brauchst oder auch nicht.
Gerne kann ich mich verkriechen.   2880
Nur sagt mir das nicht dein Gesicht,
geschweige denn kann ich es riechen!

FAUST
Als ob ich dir noch danken müsse,
daß du mir gehst grad' auf die Nüsse!

MEPHISTO	Ohne mich wäre dein Leben 2885
	keinen Pfifferling mehr wert,
	hätt'st längst den Löffel abgegeben.
	Denn wer von solchem Zeugs hier zehrt,
	und kriecht in Ritzen und in Höhlen,
	wie du, mein Freund, ja der gehört 2890
	- ich kann es nun 'mal nicht verhehlen -
	in die Klapse.
FAUST	Stop! Moment!
	Das hier gibt mir neue Kraft.
	Doch DAS wird mir ja nicht gegönnt.
	Es gibt mir neuen Lebenssaft. 2895
MEPHISTO	Mit Fruchtfleisch, Marke "hohes c"!
	So, wie ich die Sache seh',
	hast du einen an der Pfanne!
	Zu liegen unter Birk' und Tanne
	im feuchten Gras, gefällt dir sehr? 2900
	Mein Freund, geh doch zur Bundeswehr!
	Jeden Abend eine Sause,
	wer will, kann unter seiner Brause
	seine Triebe dann ausleben.
FAUST	Du Sau!
MEPHISTO	Kannst mir ruhig eine kleben. 2905
	Vor deinen keuschen Ohren kann
	man Versautes nicht mehr sagen.
	Gretchen lechzt nach einem Mann:
	Nach dir nur, Fausten, tut sie fragen.
	Dieser arme, kleine Tropf 2910
	heult sich die Augen aus dem Kopf,
	nur, weil sie sich nach dir stets sehnt.
	Sie sitzt am Fenster angelehnt,
	und vor Sehnsucht glüht die Wange.
FAUST	Verlaß' mein Paradies, du Schlange! 2915
	Verkriech' in deine Höhle dich!
MEPHISTO	*(für sich)*
	Warte nur. Dich kriege ich.
FAUST	Verpiß er sich!
	Und red' er nicht mehr von dem Weib,
	von dem ich stets begehr' den Leib. 2920

MEPHISTO	Sie glaubt, du seist ihr weggerennt.
	Du bist's auch schon zu 50 Prozent!
FAUST	Das bin ich nicht, so fern ich sei,
	ich bleibe ihr für immer treu.
MEPHISTO	Darum möcht ich wohl auch bitten.

2925

Ich wünschte mir nur gar zu sehr,
daß ich an deiner Stelle wär'!
Meine Güte, solche Titten!

FAUST Hau ab, du Schwein!

MEPHISTO   Da lach' ich über!

Gott hat sich schon 'was gedacht,

2930

als er die Menschen so gemacht
mit der Chance auf Sex. Mein lieber
Faust: Du sollst nur mit ihr pennen.
Und hast du nicht danach auch Not?
Warum nicht gleich zu ihr rennen?

2935

Es geht um Leben nicht und Tod.

FAUST Was nützt mir denn das Glücksgefühl,
mich an ihrer Brust zu wissen?
Mit meinem inneren Gewühl
hab' ich nicht nur meins zerrissen,

2940

sondern auch der Liebsten Herz,
und ständig ihr bereitet Schmerz.
Bei Gott bin ich schon längst verhaßt.
Jetzt sei das Glück beim Schopf gefaßt!
Und sollt' sie mit zugrundegeh'n:

2945

Was gescheh'n muß, muß gescheh'n!

MEPHISTO Aha, jetzt bist du wieder heiß!
Und ich, der um dein Gretchen weiß,
rate dir:
Geh' jetzt zu ihr!

2950

Und zeige dich nicht so verbockt!
Du bist doch sonst so abgezockt.
Ich weiß ja nicht, wie's weitergeht,
und wie's um das Programm dann steht,
doch kann jemand partout nicht schlafen

2955

- wie Dornröschen jahrelang -
und sollte doch, so fang' nicht an
mit dem Zählen von zig Schafen.

Nimm dann besser diese Flasche
K.O.-Tropfen aus deiner Tasche. 2960
Nur für den Fall.

FAUST   Ja gut, gib her! *(ab)*

MEPHISTO   Aber bitte, bitte sehr!
K.O.-Tropfen? Irgendwie stimmt das schon.
Das ist eben Teufels Lohn. *(ab)*

GRETCHENS ZIMMER
MARGARETE allein, mit einem Fleischwolf
Spritzgebäck herstellend.

MARGARETE   Ich drehe am Rad. 2965
Ich hatt' 'mal Ruh',
jetzt nicht mehr.
Was mach' ich nu?

Wo er nicht ist,
da find' ich's blöd. 2970
Allein wird mir
die Zeit zu öd.

Mein kleines Hirn,
es will nicht mehr.
Die Einsamkeit 2975
drückt es zu sehr.

Ich drehe am Rad.
Ich hatt' 'mal Ruh',
jetzt nicht mehr.
Was mach' ich nu? 2980

Den ganzen Tag
seh' ich nur raus.
Und wünsch', er wär'
bei mir zuhaus.

Seine Augen   2985
und der Bart
sind von 'ner
besond'ren Art.

Und sein Mund,
der ist mein Ziel.   2990
Gut reden, küssen,
er kann viel.

Ich drehe am Rad.
Ich hatt' 'mal Ruh',
jetzt nicht mehr.   2995
Was mach' ich nu?

Ohne ihn
verspür' ich Schmerz.
Zu ihm hin
drängt mich mein Herz.   3000

Und sollte ich
nach seinen Küssen
ins grüne Gras
reinbeißen müssen,
ich tät' es auch,   3005
würd' ich es wissen.

MARTHENS GARTEN
MARGARETE, FAUST

MARGARETE	Jetzt sag' schon, Heinrich!
FAUST	Was denn, Gretchen?
MARGARETE	Wie sieht's mit deinem Glauben aus?
	Ich selbst bin ein gar frommes Mädchen.
	Ketzer komm'n mir nicht ins Haus. 3010
FAUST	Ketzer hin und Ketzer her,
	Du weißt, ich liebe dich doch sehr.
	Nun sei doch nicht so dumm und schmolle,

die Kirche spielt da keine Rolle.

MARGARETE Und trotzdem glaubst du nicht an dies, 3015
was der Heil'ge Stuhl verliest!

FAUST Na und?

MARGARETE Nein, da hilft nicht, mein Lieber
ewige Gleichgültigkeit.
Sie wiegt nicht auf die frommen Lieder
von Mariens Süßigkeit. 3020
Und was dich interessieren könnte
wär'n immerhin die Sakramente.

FAUST *(vage)*
Die sind doch ziemlich interessant.

MARGARETE Du sahst noch nie der Kirche Wand
von innen. Und die Ohrenbeichte 3025
wär' für dich auch keine leichte,
da du Jahre nicht warst dort.
Glaubst du wenigstens an Gott?

FAUST Diese Frage ist doch Schrott!
Du nähmest mich dann gleich beim Wort. 3030
Doch läßt sich diese deine Frage
weder hier noch andernorten
zufriedenstellend beantworten.

MARGARETE Lieber Heinrich, ich ertrage
das jetzt nicht, es rafft mich hin: 3035
Heißt das, du glaubst gar nicht an ihn?

FAUST Doch! - Nein! - Ach was: Na klar!
Nur, was dein Gott bisher war:
Ist er das, woran wir glauben?
Das weiß ich nicht, doch die Natur 3040
kann mir alle Sinne rauben.
Mein GEFÜHL, das glaub' ich nur.
Und wenn ER das Gefühl erschafft,
glaub' ich an ihn und seine Kraft.
Von den Gefühlen lebe ich. 3045
Nenn' sie "Gott" oder auch nicht.

MARGARETE Ach so, naja, das klingt nicht dämlich.
Auch der Pater spricht so ähnlich.

FAUST Alle sprechen so, mein Mädchen.
Hör' dein Herz, ich rat dir's Gretchen. 3050

MARGARETE	Ich würde gerne, doch warum,
	Heinrich, fehlt dir's Christentum?
FAUST	Grete!
MARGARETE	Es hat mich lang gestört,
	daß du stets bei jenem bist,
	der ein wenig seltsam ist. 3055
FAUST	Hab' ich das jetzt recht gehört?
MARGARETE	Ja, jener, der schon wie ein Schatten
	nicht von deiner Seite weicht.
	Seit wir uns kaum gesehen hatten,
	haß' ich ihn, DIE Fresse reicht! 3060
FAUST	Mach' dir bitte keine Sorgen!
MARGARETE	Ein solch's Gesicht an jedem Morgen
	brächte mich wohl zum Erbrechen.
	Ich kann nicht gut von jenem sprechen.
	Er ist nur irgendwie so komisch. 3065
FAUST	Das Los des Schicksals ist ironisch:
	der eine schäbbig und sehr fett,
	der andre komisch und adrett,
	der eine nur 'ne hohe Stirn,
	der andre dazu auch das Hirn, 3070
	und so weiter und so weiter.
MARGARETE	Ich komm' nicht klar mit ihm, tja, leider.
	Und sein Blick scheint zu beweisen:
	Er kann Liebe nicht erweisen
	irgendeiner Menschenseele. 3075
	Bist DU bei mir, so find' ich's schön,
	dann wird mir warm. Ist ER zu seh'n,
	ist's, als ob die Sonne fehle.
FAUST	*(für sich)*
	Du scheinst das Richtige zu ahnen.
MARGARETE	Kreuzt diese Type unsere Bahnen, 3080
	scheint's, als könnt' ich nicht 'mal dich
	so wie sonst mehr richtig lieben.
	Nicht 'mal beten kann dann ich.
	Was ist mir dann noch geblieben?
FAUST	Er hat die Sympathie verspielt. 3085
MARGARETE	Also, Heinrich: Ich muß gehen.
FAUST	Grete, laß mich so nicht stehen.

Ich lieb' dich.

MARGARETE Ich dich auch.

FAUST Na, fein!
Dann laß uns doch jetzt glücklich sein.
Grete, komm!
(MARGARETE stürzt sich in seine Arme.)

MARGARETE In deinem Arm   3090
bin glücklich, hier ist's warm.
Leider könn'n wir nicht nach Haus.
Mami packte sonst der Graus
säh' sie mich und dich allein
in meinem kleinen Zimmer sein.   3095

FAUST Dein Herz beginnt umsonst zu klopfen.
Mit Hilfe dieser K.O.-Tropfen,
Gretchen mein, da pennet sie
mindestens bis morgen früh.

MARGARETE Es gibt doch keine riesigen   3100
Nebenwirkungen und Risiken?

FAUST Ich bin Arzt und Apotheker,
nicht Steineschmeißer, Bombenleger!

MARGARETE Ich weiß, du hältst mich wohl für dumm!
Ich tu's natürlich, nur für dich.   3105
(für sich)
Wie so vieles. Ich frag' mich
manchmal nur: Grete, warum?   *(ab)*
(MEPHISTO tritt auf.)

MEPHISTO Endlich weg?

FAUST Wieder "Großer Lauschangriff"?

MEPHISTO Ich hört', was für ein Lied sie pfiff.
Du willst dich wohl bekehren lassen?   3110
Das ist ja echt nicht mehr zu fassen.
Du verspielst die letzte Chance.
Sieh dich vor: Sie ist Emanze!

FAUST Quatsch! Sie sorgt sich bloß um mich:
Will mich für Gott und nicht für dich.   3115

MEPHISTO Sie will dich nicht für SICH verlieren.
Du läßt von'm Weib dich irreführen!

FAUST Du schwefelstinkendes Getier!
Bald habe ich genug von dir!

MEPHISTO	Doch hat sie – ich hätt's nicht gedacht -	3120
	Beobachtungen gut gemacht:	
	Sie haßt mich, hält mich für gemein.	
	Sollt' ich gar der Teufel sein?	
	Und heute Nacht?	
FAUST	Halt' dich da raus!	
MEPHISTO	Hei, das wird ein Augenschmaus!	3125

IM ALDI

MARGARETE und LIESCHEN mit Plastiktüten am Ausgang des Supermarktes

LIESCHEN	Hallo Grete! Weißt Du's schon?	
MARGARETE	Was?	
LIESCHEN	Na, Bärbels "Mißgeschick".	
MARGARETE	Nein, ich hörte keinen Ton.	
LIESCHEN	Man sagt, sie werde langsam dick.	
	Und das liegt nicht an Schokolade,	3130
	nein, am Kerl, der SIE vernascht.	
MARGARETE	Ach!	
LIESCHEN	Hat wohl nicht aufgepaßt!	
	Ich find' das aber gar nicht schade.	
	Sie war schon immer leicht zu kriegen;	
	mit 'nem bißchen an Geduld	3135
	konnt' ein jeder bei ihr liegen.	
	Jetzt ist's soweit. Tja, selber schuld!	
MARGARETE	Das ist ja furchtbar!	
LIESCHEN	Findest Du?	
	Bedauerst du die blöde Kuh?	
	Sie hat doch immer alle Jungen	3140
	abgekriegt. Und wir zwei Dummen	
	gingen leer aus. Aber nun	
	ist das vorbei. Der Clou ist noch:	
	Als der Kerl die Sache roch,	
	hatt' er mit ihr nichts mehr zu tun.	3145
	Alleinerziehend und nicht reich:	
	So muß sie für die Sache büßen.	
	Das Sozialamt läßt schön grüßen.	
MARGARETE	Du siehst das viel zu schwarz sogleich.	

LIESCHEN	Nein, nein, das hat sie wohl verdient.	3150
	Sie weiß halt nicht, was sich geziemt.	
	Denn steht nach Sex ihr nur der Wille,	
	das gleich in der ersten Nacht,	
	hätte besser sie's gemacht,	
	mit Gummi oder mit der Pille. *(ab)*	3155
MARGARETE	Oh, verdammte Lästerei!	
	Wurde sonst getratscht, war ich	
	doch immer mittenmang dabei.	
	Doch gab es heute mir 'nen Stich,	
	als ob ich nicht mehr lästern könne.	3160
	Ich fühl' mich schuldig, fühl' mich schmutzig.	
	Besser, wenn zur Kirch' ich renne!	
	Bei Marien suche Schutz ich.	
	(überstürzt ab)	

ANDACHTSBILD

MARGARETE vor der Mater dolorosa, Blumen in eine Vase steckend.

MARGARETE	Voller Schmerzen	
	in mein'm Herzen	
	steh' ich hier in meiner Not!	3165
	Das Herz durchbohrt,	
	erfüllt das Wort,	
	siehst du auf des Sohnes Tod.	
	Keiner kennt,	3170
	was in mir brennt.	
	Du weißt darum,	
	was es auch sei.	
	Nimmst mir nichts krumm.	
	So steh' mir bei!	3175
	Rette mich vor Schmach und Tod!	
	Voller Schmerzen	
	in mein'm Herzen	
	steh' ich hier in meiner Not!	

NACHT
Straße vor Gretchens Haus
VALENTIN

VALENTIN

Die letzte Party hier vor Ort: 3180
Da wurde richtig viel getrunken,
das Niveau ist schnell gesunken:
"Bin besser als der andre dort!",
wollt' ein jeder da verkünden.
Denn wer das Glas zu häufig hob,   3185
bei dem tat sich das Eigenlob
mit dem Alkohol verbünden.
Und, zack, war'n Frau'n das nächste Thema,
daß schnell jeder nach dem Schema
verfährt und SEINE Tuse rühmt,   3190
völlig frei und unverblümt.
Denn: "Besser als meine ist doch keine!"
sprach schnell von seiner jedermann.
Ich dachte bei mir: "Diese Schweine!"
weil ich dazu nichts sagen kann.   3195

Ich saß da also unbeteiligt,
als die Mädels wurden geheiligt,
ich kratzte mich da so am Kinn,
wo bei andern ist der Bart,
griff beim Pilsbier nochmal hin,   3200
wie das ist halt meine Art.
Gibt es denn eine im Lande hier,
die besser gefällt als Grete mir?
Ratzfatz, Zickzack! Und gar nicht faul
wurde mir fei zugestimmt   3205
und sie auf den Olymp gebeamt.
Die ersten Schwätzer hielten's Maul.

Doch jetzt! Um mich nun selbst zu quälen,
- die Selbstkasteiung soll nicht fehlen -
jetzt kann jeder ruhig mich schlagen,   3210
alles Mögliche mir sagen.
Ich muß bleiben ohne Wehr,

bei jedem Wort mich schämen sehr.
Ich würd' sie gern verwemsen können,
kann ich sie doch nicht Lügner nennen.   3215

Wer kommt denn da? Wer schleicht hier her?
Es sind zwei Mann, die ich da hör'.
Wenn ER es ist, ja dann, bei Gott,
wird ihm mein Messer zum Schafott.
(versteckt sich hinter einer Ecke; FAUST,
MEPHISTO sich mit einer MAGLITE den Weg
leuchtend)

FAUST   Die Funzel flackert nur noch schwach,   3220
die Batterie ist fast schon leer.
Gleich geht sie aus, wir sehen nichts mehr.
Genauso dunkel ist mein Herz.

MEPHISTO   Ach!
Beim Streunen hier ums Haus fühl' ich
wie eine kleine Katze mich,   3225
die hier abends gerne immer
lautlos streift so um die Zimmer.
Und meine Nerven, ja die schicken
mir das Gefühl der nächsten Nacht:
exzessiv mit Klau'n und F-----n,   3230
Saufen und so fort verbracht.

FAUST   Hast du schon ein Objekt gewählt,
das – wenn wir es uns jetzt "borgen" –
dem Besitzer früh am Morgen
nicht gleich in der Sammlung fehlt?   3235

MEPHISTO   Bald schon, Faust, kannst du dich freuen,
nehmen dir den Schatz, den neuen.
Ich guckte schon 'mal in die Kiste:
der Euro gülden schon raus blitzte.

FAUST   Nicht 'mal Ring und Perlenkette,   3240
um zu schmücken meine Uhle?

MEPHISTO   Mir ist's, als ob geseh'n ich hätte,
Diamanten-Clips, so coole.

FAUST   OK! Ich würd' mich selbst verfluchen,
ging ohn' Geschenk ich sie besuchen.   3245

MEPHISTO   Faust, jetzt mach' dir keine Sorgen:

In dieser Nacht – noch vor dem Morgen –
sternenklar, wie sie so ist,
sing' ich ihr nun dieses Lied.
Und das ist eine feine List, 3250
damit ihr Herz dann für dich glüht:
(singt zur Gitarre)

Paßt auf Jungfrauen
werdet umgehauen
eh ihr euch verseht!
Schützt euch davor, 3255
nehmt nicht jeden Tor,
auf den ihr nicht wirklich steht.

VALENTIN *(tritt vor)*
Was zur Hölle singst du hier?
Was soll dieser Bauerntrick?
Ich klopp' kaputt die Klampfe dir, 3260
und anschließend noch das Genick!
(zerstört die Gitarre)

MEPHISTO Ups! Kaputt! Das schöne Instrument!

VALENTIN Bleibt und stellt euch oder rennt!
(zieht ein Bundeswehr-Messer)

MEPHISTO *(zu FAUST)*
Keine Angst! Und feste drauf!
(reicht FAUST ein Butterfly-Messer)
Genauso wie ich es dir zeige. 3265
Chancen hast du gleich zuhauf.
Ich paß' schon auf, nun sei nicht feige!

VALENTIN En garde!
(greift an)

MEPHISTO   Das ist doch kein Problem!

VALENTIN Und der?
(sticht wieder zu)

MEPHISTO   Auch nicht!

VALENTIN   Hast du gesehen?
Der Teufel lähmt mir meine Hand. 3270

MEPHISTO *(zu FAUST)*
Stich zu!

VALENTIN *(stürzt getroffen zu Boden)*

102

Ach Scheiß!

MEPHISTO   Gefahr gebannt!
(VOLK kommt von allen Seiten herbeigelaufen.)
Und schnell ist jetzt hier abzuhauen,
denn die Schreierei ist groß.
Ich kann wohl mit den Bullensauen,
doch ist mir hier jetzt zuviel los.   3275

MARTHE   *(MARTHE an ihrer Haustür)*
Heraus! Heraus!

MARGARETE   *(am Fenster)*
           Die MAGLITE her!

MARTHE   *(wie oben)*
Da unten kämpfen sie gar sehr!

VOLK   Einer ist schon draufgegangen!

MARTHE   *(kommt heraus)*
Wo sind sie hin, die Mörderluder?

MARGARETE   *(kommt hinzu)*
Wer ist es denn?

VOLK   Dein großer Bruder!   3280

MARGARETE   Gott! Wie hat das angefangen?

VALENTIN   Fangt nicht an, um mich zu trauern.
Ich gehe drauf, das ist schon klar;
es kann auch nicht mehr lange dauern.
Hört, was für mich tödlich war!   3285
(Alle treten hinzu.)
Meine liebe, junge Schwester:
Schlimm ist's, daß da ein Erstbester
dir sofort verdreht die Birne.
Ich sage, du bist eine Dirne!

MARGARETE   Gott, Valentin, was meinst du nun?   3290

VALENTIN   Gott hat damit NICHTS zu tun.
Du selbst bist schuld, gar keine Frage,
und das geht nicht mehr retour.
Das, was ich dir heute sage,
glaube mir, das stimmet nur.   3295
Du hattest EINEN, hast bald viele,
spielst mit allen schlimme Spiele.
Du wirst merken, ich hab' recht:
Das ganze Volk hält dich für schlecht.

	Und dieser Ruf wird Dich verderben.	3300
	Wie gut, ich kann in 12 Versen sterben.	
MARTHE	Meine Güte, tut das not:	
	Sie verfluchen vor dem Tod?!	
VALENTIN	DU bist doch dran schuld gewesen!	
	Hätte ich jetzt noch die Kraft,	3305
	ich hätt' den Tod auch dir verschafft.	
	Dann könnte ruhig ich verwesen.	
MARGARETE	Mein Bruder stirbt, das schmerzt mich sehr.	
	(umarmt den Sterbenden)	
VALENTIN	Dein Geheule mich noch mehr.	
	(macht sich los)	
	Daß du mit ihm hast rumgemacht,	3310
	hat mich fast schon umgebracht.	
	Jetzt bringt's mich wirklich um die Ecke.	
	Gott sei's gedankt, daß ich verrecke.	
	(Das tut er auch.)	

PROPSTEIKIRCHE ST. URBANUS
Totenmesse. Orgel und Chorgesang.
MARGARETE in der Kirchenbank,
hinter ihr der BÖSE GEIST

BÖSER GEIST	Was ist das jetzt für ein Gefühl?	
	Nicht so wie früher in der Bank,	3315
	noch voll Unschuld, Gott sei Dank.	
	Nun plagt dich der Sünde viel.	
	Was denkt das Gretchen, das hier steht?	
	Hast du die Mutter im Gebet,	
	die du dem Tod hast übergeben,	3320
	deinen Bruder Valentin,	
	dem du nahmst den Mut zum Leben?	
	Ganz allein nun wirst du ihn	
	zur letzten Ruh' geleiten müssen.	
	Und schon wächst unter deiner Brust	3325
	das Früchtchen der vergangnen Lust.	
MARGARETE	Oh weh! Ach, mich plagt das Gewissen.	

104

Ob ich jemals Ruhe finde?
Nichts befreit mich von der Sünde.

CHOR

 Tag des Zornes, Tag der Zähren,   3330
 wirst die Welt in Asche kehren!

(Orgelton)

BÖSER GEIST

Hörst du diesen schweren Ton,
des Erzengels Posaune schon?
Und dein sündenschweres Herz
ahnt schon der Hölle Flammenschmerz.   3335

MARGARETE

Wie wird mir nur? Mein Gott! Es scheint,
daß Chor und Orgel so vereint
mit dieses Liedes Ton und Worten
mir die Seele glatt durchbohrten.

CHOR

 Sitzt der Richter dann zu richten,   3340
 wird sich das Verborgne lichten;
 nichts kann vor der Strafe flüchten.

MARGARETE

Weh mir! Ich find' keine Ruh.
Des Kirchenraumes Mächtigkeit
schnürt die Brust, den Hals mir zu.   3345

BÖSER GEIST

Verstecke deine Schlechtigkeit!
Allerdings hat's keinen Sinn.
Der Herr kann alles sehen, mein Kind!

CHOR

 Weh! Was werd' ich Armer sagen?
 Welchen Anwalt mir erfragen,   3350
 wenn Gerechte selbst verzagen?

BÖSER GEIST

Die Gerechten werden dich
nicht retten vor der Hölle Glut.
Die war'n ihr Leben lang nur gut,
zu denen bettest du dich nicht.   3355

CHOR

 Weh! Was werd' ich Armer sagen?

MARGARETE

Nachbarin! 'Ne Aspirin!

(wird ohnmächtig)

XTC-VE NACHT

FAUST, MEPHISTO in einer schummrigen Wohnküche

MEPHISTO

Faust, jetzt hab' ich 'was für dich:
Es war doch immer schon dein Wille,

| | teilzuhaben an dem Licht | 3360 |
| | der Erkenntnis. Diese Pille |

FAUST — führt dich zu dem Licht geschwind.
FAUST — Weißt du, was ich komisch find'?
Du drehst mir ständig Präparate
an, die ich verwenden soll. 3365
Doch ist das Zeug in echt so toll?!

MEPHISTO — Sehr gut ist das, wozu ich rate.
Diese Pille hat den Zweck,
zu bringen dich von all dem weg,
was gestern in der Stadt geschehen. 3370

FAUST — Soll ich echt?

MEPHISTO — Komm, du wirst sehen,
wie schön die Welt doch sein kann.
Die Pille macht zufrieden, Mann!

FAUST — Na, dann wollen wir 'mal schauen.
(wirft die Pille ein, die MEPHISTO ihm gibt)

MEPHISTO — *(für sich)*
Sehr gut. Gleich wird er glücklich sein, 3375
und dann ist er endlich mein.

FAUST — *(unkontrolliert im Raum umhertorkelnd)*
Ich sehe lauter schöne Frauen!
Sowas hab' ich nie geseh'n!
Hör' die Musik, sie ist so schön!
Komm mit Mephisto, laß uns tanzen! 3380
Bei DIESEN Frauen hab'n wir Chancen.
*(schleift MEPHISTO hinter sich her, beginnt mit
einer imaginären Frau zu tanzen)*
Wie kann 'ne SO schöne Frau
alleine sein in diesem Bau?

STIMME — Heinrich, ich
will nur dich! 3385

FAUST — Ist das wahr? Komm auf die Couch.
*(setzt sich auf die Couch, den Arm um seine imagi-
näre Partnerin gelegt)*
Ich fühl' mich wie im Liebesrausch.

STIMME — Ich auch.

FAUST — Dann komm ins Schlafzimmer! *(ab)*

MEPHISTO — Dies Wundermittel XTC

wirkt bei dem Bedarf immer. 3390
Leider ist das Zeug fast nie
ganz genau berechenbar.
Das ist leider die Gefahr.
So schön die Halluzinationen
am Anfang sind, so schlimm sind sie, 3395
wenn die Wirkung abklingt. Nie
kann man einen davor schonen.
(FAUST kommt zurück.)

FAUST Mephisto, das war echt so geil,
du glaubst es nicht mein guter Freund,
nimmst du nicht selber so ein Teil. 3400
Oder rauche einen Joint.

MEPHISTO Nein danke, Faust, ich selbst bin clean.

FAUST Du glaubst es nicht, wie froh ich bin.
Was ist das? Da vorn das Mädel
scheint mir doch besonders edel. 3405
Die kenne ich. Nach diesem Leib
hab' ich mich einmal verzehrt.
Das ist doch das schöne Weib,
das eine Nacht hat mir gehört.

MEPHISTO *(für sich)*
Jetzt geht es los.
(laut)
           Du phantasierst! 3410
Da ist beim besten Will'n kein Mädchen!

FAUST Die da vorne ist mein Gretchen!

MEPHISTO Daß du nicht den Verstand verlierst!

FAUST Doch sie ist anders, sieht mich nicht.
Blitze zucken um's Gesicht, 3415
gefesselt ist ihr Hand an Hand.
He, was riecht hier so verbrannt?
Die Blitze sind aus 1000 Volt,
die werden durch den Körper fließen.

MEPHISTO *(für sich)*
Zumindest würden sie das, ja, 3420
wär'n wir in Amerika.

FAUST Schmerzen durch den Kopf mir schießen.
Das habe ich doch nicht gewollt!

Sie ist nicht schuldig, ich bin's doch!
Hilfe, Teufel, ich fall' hin   3425
direkt in dieses schwarze Loch!
Hilf! Ich weiß nicht, wo ich bin!
(bricht zusammen)

MEPHISTO   Wollen wir nur hoffen, daß
er nicht mehr weiß, was er gesehen,
wenn er aufwacht. Dieser Spaß   3430
ist wohl auch umsonst geschehen.
"Bleibe doch, du schöner Tag!"
ist, was ich von ihm hören mag.
Gleich wird er sich jedoch beschweren,
daß Grete im Gefängnis schmort.   3435
Ich such' schon 'mal die rechten Wort'
um ihm das schonend zu erklären.

AM NÄCHSTEN MORGEN
FAUST, MEPHISTO

FAUST   Das Kind ist nun sein Leben lang
in einem engen Loch gefang'n!
Und du sagst nichts, elender Geist?   3440
Im Elend liegt sie nun darnieder,
und, obwohl du davon weißt,
sagst du nichts? Krieg' sie nie wieder!
Dir wär's egal, wenn sie verrecke!

MEPHISTO   Das geht in deutschen Knasten nicht,   3445
es sei denn, sie erhängte sich
mit einem Gürtel an der Decke!

FAUST   Elender Satan, halt' den Mund!
Warum bist du nicht mehr der Hund,
der auf dem Boden vor mir lag,   3450
an jenem gottverfluchten Tag?!
Warum hab' ich dich reingebeten?
Wärst du der Hund, ich würd' dich treten.
"Sich erhängen!" - mir tut's weh,
daß ich im Leid ihr nicht beisteh',   3455
das doch meine Schuld nur ist.

	Und du lachst über Gretchens Los?!	
MEPHISTO	Ach hätte Mr. Dr. Fist	
	sein Hirn, das wirklich nicht so groß,	
	'mal angestrengt. Du hast paktiert	3460
	mit mir und bist nun irritiert?!	
	Wer hatte denn wohl die Idee?	
FAUST	Mir wird schlecht, wenn ich dich seh'!	
	Warum mußt' ich mich an den binden,	
	der es liebt, das Volk zu schinden?!	3465
MEPHISTO	War's das?	
FAUST	Hilf, sonst kommt der Fluch	
	aller Tage über dich.	
MEPHISTO	Mein Freund, jetzt reicht's! Es ist genug!	
	Wer ist denn schuld dran? Etwa ich?	
	(FAUST blickt wild umher.)	
	Du willst das wohl nicht einsehen?	3470
	Suchst jetzt Naturgewalten, Faust,	
	die dir jetzt gegen mich beistehen?	
	Damit sieht es nicht gut aus:	
	"Gewalt, die Wahrheit zu zerstören,	
	darf dem Menschen nie gehören,"	3475
	sprach der Herr, behielt's für sich.	
FAUST	Bring' mich hin, du Teufel, ich	
	will sie retten, liebe sie!	
MEPHISTO	Was ist los? Jetzt sei 'mal ehrlich:	
	Ist das nicht viel zu gefährlich?	3480
	Schließlich ermordetest du Genie	
	ihren Bruder in der Stadt.	
	Ob man das vergessen hat?!	
FAUST	Jetzt verschwende keine Zeit!	
	Zu retten sie bin ich bereit.	3485
	Jetzt bring' mich hin und helfe mir!	
MEPHISTO	Ich nehm' dir etwas Arbeit ab,	
	verschaffe freie Bahn gern dir.	
	Weil ich nicht Gottes Allmacht hab,	
	mußt eigenhändig sie befreien,	3490
	wenn ich den Wächter narkotisiere.	
	Ich kann dir Zauberpferde leihen	
	und stehe auch noch draußen Schmiere.	

FAUST	Rausholen mußt DU sie schon!
	OK. Das geht. Auf und davon! 3495

ZELLE
FAUST mit Schlüsselbund und MAGLITE vor einer Stahltür

FAUST
Ich habe Schiß wie lang nicht mehr,
so sehr, ich könnte fast schon heulen.
Sie büßt in dieser Zelle schwer,
was MICH im Grunde müßt' ereilen,
da sie ihre Psycho-Tat 3500
nur für mich begangen hat.
Faust, mach hinne, die Zeit drängt,
sonst hat sie sich schon aufgehängt!
(Er ergreift das Schloß. Gesang von innen:)

MARGARETE
Meine Mutter, die Dirne,
zerschlug mir die Birne! 3505
Mein Vater, der Geist,
hat mich gleich verspeist!
Meine Schwester so klein,
sie grub mir ein Loch
und tat mich hinein. 3510
Jetzt ruhe ich doch.

FAUST
(schließt auf)
Sie weiß nicht, daß ich all das höre.
Ich befrei' sie, das ist klar.
Egal, wobei ich sie jetzt störe.
(tritt ein)

MARGARETE
(sich versteckend)
Der Henker kommt, mein Tod ist nah! 3515

FAUST
(leise)
Wir sind nicht in Amerika!
Ich will dich rausholen, ist das klar?!
Drum halt' jetzt bitte deinen Mund!

MARGARETE
(wirft sich vor ihm hin)
Ich bin doch auch ein Mensch, kein Hund.
Siehst du, Mensch, nicht meinen Schmerz? 3520
Berührt mein Leiden nicht dein Herz?

FAUST	Wenn du nicht endlich stille bist
	- wie es jetzt mein Wille ist-
	fliegt auf die ganze Hilfsaktion.
	Ich höre fast die Wächter schon.

3525

(schließt die Ketten auf)

MARGARETE *(kniet vor ihm)*

Ich frag' dich, Henker, wer hat nur
gesagt, daß jetzt die Zeit schon naht?
Guckst du vielleicht 'mal auf die Uhr?
MORGEN sühn' ich für die Tat.
Auch das ist immer noch zu früh.

3530

Ich bin doch jung und schön noch, sieh!

(steht auf und zeigt sich ihm)

DAS wurd' mir dann zum Verhängnis,
denn der, der mir die Unschuld nahm,
hat sich schnell vom Acker getan.
Alleine schmacht' ich im Gefängnis.

3535

Und du, was bist du denn so roh?
Brauchst du das, gefällt dir's so?
Nimm sie weg, die rauhe Hand!
Du bist mir keineswegs bekannt!

FAUST Das ist nicht wahr! Ich faß' es nicht!

3540

MARGARETE Warte nur, gleich kriegst du mich.
Zuerst noch suche ich das Kind.
Gemein, wie diese Leute sind,
sagen sie, ich bracht' es um.
Ich werd' geschnitten. Nur: Warum?

3545

FAUST *(kniet sich vor sie)*

Ich knie mich hier vor dir nieder
und beteu're immer wieder:
Ich bin da, dich zu befreien!

MARGARETE *(kniet sich auch nieder)*

Auch ich will den Himmel um Hilfe bitten.
Denn hier beginnt in ein paar Schritten

3550

schon des Satans Höllenreich.

FAUST *(schreit)*

Gretchen! Gretchen!
Hör' mich, Mädchen!

MARGARETE Diese Stimm' erkenn' ich gleich!

111

(Sie springt auf; ihre Ketten fallen zu Boden.)
Wo ist er nur? Er rief mich doch!   3555
Will mich befrei'n. Zu ihm will ich
eilen. Doch wo steht er noch?
"Gretchen! Gretchen!" rief er mich.

FAUST ICH bin's!

MARGARETE   Du? Echt? Sag's nochmal!
(ihn fassend)
Er ist's, es naht das End' der Qual.   3560
Du befreist mich, lieber Faust!

FAUST *(will weg)*
Natürlich hol' ich dich hier raus.
Komm endlich, komm!

MARGARETE   Bleib' doch noch hier!
Du weißt, ich bin so gern bei dir.
(liebkost ihn)

FAUST Schnell, schnell! Wir müssen uns beeilen!   3565
Sonst mußt du immer hier verweilen!

MARGARETE Du bist so kalt, wo ist die Liebe,
die vor Kurzem uns noch einte?
Wo ist sie, von der ich meinte,
daß sie ewig bei uns bliebe?   3570
Komm, küsse mich!
Sonst küß' ich dich!
(umarmt ihn)
Kein Kuß von dir?
Wie kalt wird mir!
(wendet sich fröstelnd ab)

FAUST Ich bitte dich, nun komm mit mir!   3575
Ich schenke meine Liebe dir,
sobald wir erstmal draußen sind.
Beeil' dich nur, mein schönes Kind!

MARGARETE *(zu ihm gewendet)*
Bist du es auch wirklich, Mann?

FAUST Du redest wie im Fieberwahn.   3580
Ich bin es, komm!

MARGARETE   Du löst die Ketten.
Als ob wir nie getrennt uns hätten
nimmst du mich und wirst mich lieben.

	Weißt du wirklich, wer ich bin?	
	Eine Fräulein, das ihr kleines Kind	3585
	im neunten Monat abgetrieben!	
FAUST	Komm, es naht ja schon der Morgen!	
MARGARETE	Machst du dir denn keine Sorgen?	
	Ich tötete doch meine Mutter!	

                    Weißt du wirklich, wer ich bin?
                    Eine Fräulein, das ihr kleines Kind   3585
                    im neunten Monat abgetrieben!
FAUST   Komm, es naht ja schon der Morgen!
MARGARETE   Machst du dir denn keine Sorgen?
                    Ich tötete doch meine Mutter!
                    Und aus dem kleinen, süßen Kind   3590
                    wurde frisches Karpfenfutter
                    derer, die im Fischteich sind.
                    Komm, Liebling, gib mir deine Hand.
                    Du bist der Beste im ganzen Land!
                    (nimmt seine Hand)
                    Sie ist klebrig, wisch' sie ab.   3595
                    Ist das Blut? - Valentins Grab...
FAUST   Komm jetzt bitte, Gretchen, hey,
                    das ist Gewäsch von yesterday.
MARGARETE   ... ist neben Mutters Ruhestätte.
                    Den Platz daneben ICH gern hätte   3600
                    mit dem Kind zu meiner Rechten.
                    Ich lasse keinen Andern, Schlechten,
                    mehr an meiner Seite liegen.
                    Ich liebte, mich an dich zu schmiegen,
                    doch das fällt mir jetzt so schwer,   3605
                    als ob da eine Mauer wär'.
                    Und dennoch bist du es.
FAUST   Genau!
                    Erkenne mich und folg' mir, Frau!
MARGARETE   Durch diese Tür?
FAUST   Die Freiheit ruft!   3610
MARGARETE   *(mit müder Stimme)*
                    Was nutzt die mir?
                    Da ruft die Gruft!
                    Ich kann nicht mit.
FAUST   Nur einen Schritt
                    über diese Schwelle hier.   3615
MARGARETE   Es bleibt doch nur die Hölle mir.
                    (wie oben; FAUST am Arm greifend)
                    Sie werden mich finden,
                    fesseln und binden

113

	und dann doch hinrichten.	
FAUST	Nein, nein! Mitnichten!	3620
	Ich paß' auf dich auf.	
MARGARETE	*(ihn umklammernd)*	
	Heinrich, so lauf'!	
	Rette dein Kind,	
	wo die Birken sind	
	und ein Steg, ein nasser.	3625
	Zieh' es aus dem Wasser!	
	Es zappelt noch!	
	So hilf ihm doch!	
FAUST	Fasel' doch nicht!	
	Komm endlich raus!	3630
MARGARETE	*(mit schwächer werdender, fiebriger Stimme)*	
	An dem Berg, beim kleinen Haus	
	sitzt die Mutter mit bleichem Gesicht.	
	Sie trank und glaubte meinen Lügen,	
	schlief ein - zu unserem Vergnügen -	
	und ist bis heute nicht erwacht.	3635
	(bricht zusammen)	
FAUST	Ich trage dich, hab' keine Wahl,	
	sonst seh' ich dich zum letzten Mal.	
MARGARETE	Ich bleibe hier, ich bin zu schwach.	
	Laß mich hier, keine Gewalt!	
	Ich hab' den Preis für dich gezahlt.	3640
FAUST	*(drängend)*	
	Es wird Morgen, es wird Tag!	
MARGARETE	Jawohl! Es wird mein letzter sein.	
	Feiern wir die Hochzeit mein!	
	Sag' nicht, daß ich schon bei dir lag.	
	Wir sehen uns am Hochzeitstage,	3645
	doch werden - das ist keine Frage -	
	die Nacht danach schon nicht mehr teilen.	
	Sekunden nur noch hier verweilen!	
	Ist es mir nun doch gelungen	
	und bin ich noch - so wie es scheint -	
	aus dem Stromstuhl aufgesprungen.	3650
	(mit immer schwächer werdender Stimme)	
	Keiner sitzt bei mir und weint,	

keiner küßt mir das Gesicht,
tret ich über in die Sphäre
ewig-göttlichen Gerichts.   3655

FAUST   Wenn ich doch nie geboren wäre!
MEPHISTO   *(erscheint draußen)*
           Komm mit, der Morgen bricht heran.
           Du hast schon zuviel Zeit vertan.
           Sie kriegen auch dich! Beeile dich doch!
MARGARETE *(sich noch einmal aufrichtend)*
           Was kriecht da aus dem Mauseloch?   3660
           Der? Jener? Bitte, schick' ihn fort!
           Was will er denn an diesem Ort?
           Will er gar mich?
FAUST   Nein, du sollst leben!
MARGARETE Dir, Herr, hab' ich meine Seele übergeben.
MEPHISTO   *(zu FAUST)*
           Ich mach' mich ohne dich davon!   3665
MARGARETE *(faltet mühsam die Hände)*
           Vater, Geist und auch der Sohn,
           rettet mich, ihr Himmelsheere!
           In meinem Herzen ist nur Leere.
           Heinrich, mir graut's vor dir!
           (sinkt zusammen und stirbt)
MEPHISTO   Sie ist gerichtet!
STIMME   *(von oben)*
                              Ist gerettet!
MEPHISTO   Her zu mir!   3670
           (verschwindet mit FAUST)
STIMME   *(verhallend)*
           Heinrich! Heinrich!

ANHANG

Die Sachen, die uns erklärungswürdig erscheinen, haben wir hier zusammengetragen. Dazu zählen nicht die Dinge, die sich im Vergleich mit dem Goetheschen Original ergeben. Es muß auch nicht sonderlich breit erklärt werden, daß wir uns nicht der reformierten Orthographie bedienen.

36 **Buer**: Heimatstadt der Autoren, eigentlich Gelsenkirchen-Buer (für Lokalpatrioten: Buer in Westfalen);
Aula: gemeint ist die Aula des Annette-von-Droste-Hülshoff-Gymnasiums (AvD), an dem die Autoren ihre Schulzeit verbrachten

88 **sich einen verlöten**: sich betrinken

122 **Pott**: Ruhrgebiet

207 **klönen**: sich unterhalten, tratschen

254f. **Thomas Aquinus**: T. von Aquin, Theologe im Mittelalter;
primum movens: "erstes Bewegendes", einer seiner fünf Wege des Gottesbeweises

322 **Stuß**: Unsinn

346 **Buchse**: Hose

436 **q.e.d.**: quod erat demonstrandum, lat.: 'was zu beweisen war', Abschlußformel für mathematische Beweise

536ff. Die hier erwähnte Literatur ist Studienliteratur der Autoren.

625ff. Der Chor singt den Text auf die Melodie des Liedes 213 "Christ ist erstanden" aus dem katholischen Gesangbuch "Gotteslob".

673 **"You're My Heart..."**: Lied von Modern Talking

705 **Wiese**: gemeint ist die Königswiese (Buersche Kirmeswiese)

748 **"Hyper, Hyper"**: Lied von Scooter

816 **Resse**: Stadtteil Gelsenkirchens, wird aber Buer zugerechnet

863 **animalman**: nach Elisabethanischem Weltbild der von seinen Trieben beherrschte Mensch

907 Εν αρχη ην ο λογος.: Joh 1,1. Lies: "en archä än ho logos"

920 λογος: "logos" – grch.: "Wort, Rede, Gespräch, Rechenschaft, vernünftiger Grund, Beziehung, Logos" [so in: Griechisch-deutsches Taschenwörterbuch zum NT von Erwin Preuschen]

980 **fickerig**: unruhig, zittrig, nervös

1115 **Copperfield**: gemeint ist der Illusionist David Copperfield

1185 **Fishbone**: bei Jugendlichen beliebte Bekleidungsfirma

1206 **stoned**: anderer Ausdruck für 'high' oder 'auf Drogen'

1309 **hic et nunc**: lat.: hier und jetzt

1352 **Tintenpisser**: der 'typische' Beamte, Bürokrat

1413 **infinitesimal**: unendlich (mathematisch)

1580 **Schönfelder**: ca. 3000seitige Gesetzessammlung "Deutsche Gesetze" aus dem C.H.Beck-Verlag, begründet von Dr. H. Schönfelder, die per Nachlieferung aktualisiert werden kann.

1659 **SMS**: short message service, Versand von Kurzmitteilungen per Mobiltelephon

1670 **Eritis sicut deus...**: Gen 3,5b "Ihr werdet sein wie Gott und das Gute vom Bösen unterscheiden können."

1699ff. **Lokal ohne Namen**: Das L.O.N. (früher F.U.C.K.) ist eine bei Jugendlichen beliebte Kneipe in Buer, Hagenstraße. Die Szene spielt allerdings eher im "Wacholderhäuschen", Hagenstraße/Ecke Hochstraße. Die handelnden Personen sind Mitglieder des Abiturjahrganges der Autoren (Abi 97 AvD): **Josy** Friedhoff, Daniel **"Feldi"** Feldmann, **Michael** Kaiser, Bernhild **"Hilde"** Schneider, Björn **"Schorsch"** Elskamp, **Melanie** Wiegandt, **Holger** Gundelach, **Martin** Urra, **Markus** Rolle, **Kerstin** Preckel, **Dennis** Müller

1722 **Hans Rosenthal! Loretta! Else!**: drei der zahllosen Spitznamen für Björn "Schorsch" Elskamp

1771ff. **Selbstbräunungszeug**: Als Turniertänzer benutzt Martin für Wettkämpfe Selbstbräunungscreme, die im Nachhinein verschiedene Farbspektren durchläuft.

1810 **der Saal**: Matthias Saal, auch Abi 97 AvD

1839 **MEFF** = Maximilian Egon Freiherr von Fürstenberg

1852ff. Es folgt der 'traditionelle' Gesang der AvD-Abiturientia 97 zur Melodie von "(Oh My Darling) Clementine". Die Namen, die hier auftauchen, sind Lehrernamen: Gebhard **Weller** (LK Geschichte, GK SoWi), Wolfgang **Schneider** (GK Bio), Inge **Teben**-Martin (LK Englisch), Harald **Galinski** (GK Physik), **Wolfgang Geipel** (GK Chemie), Manfred **"Manni" Hein** (LK Mathe, Stufenleiter).

1860 **Steven Gätjen**: Moderator, ehemals beim Musiksender MTV, jetzt bei PRO7;
Käpt'n Mola: Mola Adebisi, VJ beim Musiksender VIVA;
Völler: Rudi Völler, Ex-Fußballprofi, jetzt Sportdirektor bei Bayer 04 Leverkusen;
Schöller: Hersteller von Speiseeis;
Dieler: preisgünstiges Bekleidungsgeschäft;
Chicago Hope: TV-Krankenhaus-Serie;
Daily Soaps: täglich laufende Seifenopern;
van Damme: Jean-Claude van Damme, Action-Darsteller;
Balko: TV-Krimi-Serie;
chillen: nichtstun, "abhängen"

1893 **DSA**: Das Schwarze Auge, Fantasy-Rollenspiel
1928 **China-Wochen**: Aktionswochen mit chinesischen Spezialitäten bei einer namhaften US-Fastfood-Kette.
1982 **Schnitte**: ugs. für Mädchen
2041 **Buffaloes**: bei Jugendlichen beliebte, recht klobige Schuhe der Marke Buffalo, meist mit hohen Plateausohlen
2104 **Biolek**: Anspielung auf Alfred Bioleks Kochsendung im TV
2130 **Kirchplatz**: im Original die Szene STRASSE; spielt hier vor der Propsteikirche St. Urbanus.
2151 **f----n**: Ein solch vulgäres Wort darf – ähnlich wie in der Hamburger Ausgabe – nicht ausgeschrieben werden.
2468 **bei mich bei**: Ruhrgebiets-Slang für "zu mir"
2505 **Herzkasper**: Herzinfarkt
2512 **abkacken**: ugs./vulg. für sterben
2606 **WAZ**: Westdeutsche Allgemeine Zeitung
2637ff. Erfahrung aus GK Physik Galinski
2762 'mehr wie' ist falsch, aber Absicht
2892 **Klapse**: Klapsmühle, Irrenanstalt
3103 **Steineschmeißer, Bombenleger**: Linksextremist, Terrorist
3164 **Mater dolorosa**: lat. "Schmerzhafte Mutter", Maria unter dem Kreuz Christi
3206 **beamen**: teleportieren von Körpern (Science-Fiction)
3214 **verwemsen**: verprügeln
3220 **Maglite**: US-Hersteller von extrem leuchtstarken und stabilen Taschenlampen
3241 **Uhle**: Freundin

3264 **Butterfly-Messer**: Klappmesser mit geteiltem, in sich beweglichem Griff.

3313 **Propsteikirche St. Urbanus**: Kirche in der Buerschen Innenstadt

3330ff. Der Chor singt die deutsche Übersetzung des lateinischen Requiems, das im Goetheschen Text an dieser Stelle steht.

3357 **XTC**: Ecstasy, Designerdroge